STARFIGHTER D'ÉLITE

STARFIGHTER TRAINING ACADEMY - VERSION 3

GRACE GOODWIN

Starfighter D'Élite

Copyright © 2022 by Grace Goodwin

Tous Droits Réservés. Aucune partie de ce livre ne peut être reproduite ou transmise sous quelque forme ou par quelque moyen que ce soit, électronique ou mécanique, y compris photocopie, enregistrement, tout autre système de stockage et de récupération de données sans permission écrite expresse de l'auteur.

Publié par Grace Goodwin as KSA Publishing Consultants, Inc.
Goodwin, Grace

Starfighter D'Élite

Dessin de couverture 2021 par KSA Publishing Consultants, Inc.
Images/Photo Credit: deposit photos: sdecoret; Ensuper; innovari; kiuikson; Angela_Harburn

Note de l'éditeur :
Ce livre s'adresse à un *public adulte*. Les fessées et toutes autres activités sexuelles citées dans cet ouvrage relèvent de la fiction et sont destinées à un public adulte. Elles ne sont ni cautionnées ni encouragées par l'auteur ou l'éditeur.

LE TEST DES MARIÉES
PROGRAMME DES ÉPOUSES INTERSTELLAIRES

VOTRE compagnon n'est pas loin. Faites le test aujourd'hui et découvrez votre partenaire idéal. Êtes-vous prête pour un (ou deux) compagnons extraterrestres sexy ?

PARTICIPEZ DÈS MAINTENANT !
programmedesepousesinterstellaires.com

BULLETIN FRANÇAISE

REJOIGNEZ MA LISTE DE CONTACTS POUR ÊTRE DANS LES PREMIERS A CONNAÎTRE LES NOUVELLES SORTIES, OBTENIR DES TARIFS PREFERENTIELS ET DES EXTRAITS

http://gracegoodwin.com/bulletin-francais/

1

Darius, base lunaire d'Arturri, en orbite autour de la planète Vélérion.

Je me tenais dans l'entrée de notre nouveau logement privé et regardais Lily Wilson de la Terre ouvrir l'une des valises très lourdes qu'elle avait insisté que nous apportions. Ma partenaire idéale avait été prête. À mon arrivée sur Terre, elle m'attendait avec cinq grandes valises empilées, prêtes à partir. J'avais imaginé qu'il me faudrait me présenter, lui expliquer les protocoles d'entraînement et la séduire, si nécessaire, pour la convaincre de revenir sur Vélérion avec moi, mais j'avais été choqué quand elle avait ouvert sa porte, prononcé mon nom et poussé l'une des valises vers moi.

Pas de discussion. Pas de questions. Elle avait simplement dit :

— Darius. Il faut qu'on y aille.

Pas exactement l'accueil que j'espérais. Pas de sursaut de surprise. Pas d'inspection ou de questions. Pas de contact ou de regards échangés. Pas de baisers. Je ne l'avais pas prise, ni revendiquée.

Rien n'avait révélé ses pensées ou son humeur. Elle était comme un mur de glace, et je n'avais pas encore trouvé la moindre faille dans son sang-froid.

— Qu'est-ce que tu fais ? Le général nous a dit de nous reposer. Jamie et Mia ne peuvent pas te rencontrer avant demain. Le général Aryk était le plus haut gradé de la base quand j'étais arrivé avec Lily. Il avait insisté pour que nous nous reposions et nous avait informés qu'ils étaient encore en train de procéder à des opérations de nettoyage après une grande opération visant à reprendre la planète Xenon et sa base lunaire à la reine Raya et à la flotte des Ténèbres. L'opération s'était bien passée, mais à la surface, il y avait encore des poches de résistance auquel il fallait s'attaquer. Beaucoup de monde y travaillaient, y compris les amies de Lily, Mia et Jamie, les deux autres Terriennes qui avaient obtenu le grade de Starfighter d'élite.

Lily leva les yeux en entendant ma question, posa son regard sur le lit puis sur moi, puis le détourna hâtivement.

— Je ne suis pas fatiguée. Et je veux déballer mes affaires.

Je l'observais et retins un gémissement lorsqu'elle se pencha en avant, les courbes de ses seins me narguant quand j'aperçus son décolleté. Lily était tout en délicatesse et en courbes. Des cheveux châtain clair, des yeux verts avec des nuances dorées. Elle était censée être à moi. Se battre à mes côtés. S'intéresser à notre guerre contre les Xandraxiens et la reine Raya. J'espérais qu'elle serait impatiente de monter dans le Titan Starfighter d'Elite dans lequel elle combattrait. Mais maintenant qu'elle était ici, dans le système stellaire Vega, à vingt-cinq années-lumière de son ancienne vie, elle ne m'avait pas touché. Elle n'avait prononcé mon nom qu'une seule fois. En fait, elle ne semblait se soucier que du fait de retrouver ses deux amies humaines.

Dire que cela me troublait aurait été un euphémisme. Pendant nos simulations d'entraînement, Lily s'était montrée sauvage au combat, jurant dans plus de langues que je ne pouvais compter alors qu'elle réduisait ses ennemis en poussière.

Je m'attendais à ce que Lily soit une brute, téméraire, avec des émotions et des besoins clairement affichés. Au lieu de cela, je n'arrivais pas du tout à la comprendre. Elle était comme un animal sauvage caché derrière des murs fortifiés. Elle m'observait. Attendait. Mais dans quel but ? Je n'avais aucune expérience avec les femmes humaines, sauf avec elle. Et elle ne se comportait pas comme je l'avais prévu. Peut-être que je devais essayer une autre tactique.

— Qu'y a-t-il dans ces valises ? Des pierres ?
— Des livres.
— C'est quoi des livres ? Le corps de Lily avait accepté sans aucun souci l'injection de l'implant de codage, et nous avions conversé, bien que maladroitement, pendant tout le voyage depuis la Terre. Pourtant, je ne connaissais pas ce terme.

Elle ouvrit la valise, et je m'accroupis pour inspecter les étranges objets rectangulaires disposés par quatre ou cinq à l'intérieur. Ils semblaient être faits de feuilles étrangement fines de parchemin ou de toile empilées et enveloppées dans des morceaux plus épais qui recouvraient l'extérieur. Ils étaient de couleurs différentes et avaient ce que je supposais être des noms humains à l'extérieur. Les étiquettes indiquaient des sujets allant de la guerre à la philosophie en passant par les animaux. L'un d'eux attira mon attention car la couverture semblait montrer un couple d'humains engagés dans une sorte de rituel d'accouplement.

Je saisis ce livre, évitant de justesse sa tentative d'éloigner ma main. J'étais maintenant extrêmement intéressé par le contenu. Tenant l'image dans tous les sens pour l'inspecter, je me levai, allai appuyer mon épaule contre le mur et m'éloignai un peu d'elle. Elle était anxieuse. Nerveuse. Toujours sur le qui-vive.

Son anxiété me donnait envie de la prendre dans mes bras et de la tenir jusqu'à ce qu'elle se laisse aller. Jusqu'à ce qu'elle soit à moi.

— C'est quoi ces livres ? demandai-je à nouveau. Et pourquoi en as-tu apporté autant ?

Elle soupira et commença à sortir les livres restants, les plaçant en piles sur le sol à côté d'elle, les triant d'une manière mystérieuse qu'elle seule comprenait.

— Ce sont des histoires écrites par des gens et immortalisées sur du papier. Certains d'entre eux ont été écrits il y a des centaines d'années.

Cette phrase était la plus longue que Lily avait prononcée depuis que j'étais apparu devant elle et que je lui avais dit qui j'étais. Je feuilletai le parchemin que je tenais.

— Ça va brûler assez facilement. Comment cela rend-il l'histoire immortelle ?

Elle frotta ses paumes sur ses cuisses recouvertes d'un jean, remonta la manche de son sweat à capuche—qui était décoré du logo de son équipe universitaire préférée—. Les vêtements terriens semblaient être mous et peu fonctionnels, je venais d'apprendre ces mots au cours des dernières heures. Elle leva les yeux vers moi comme si elle me suppliait et tendit la main.

— Ça n'a pas d'importance. Rends-le-moi, s'il te plaît.

S'il te plaît ? Est-ce qu'elle venait juste de dire *s'il te plaît* ?

Incapable de refuser, je me dirigeai vers elle et plaçai le livre dans sa main tendue. Elle prit l'objet et se tourna pour le placer derrière elle sur le sol tandis que je soulevais un autre livre de la valise, il était d'apparence similaire et j'étais surpris de constater qu'il y en avait six ou sept autres empilés sous celui-ci. Tous avec le même nom sur les côtés des livres.

— Darius ! Les joues de Lily avaient pris une couleur rosée intéressante.

— Oui ? Intéressante en effet.

Ce livre avait un nom humain en bas de l'épaisse couverture. Grace Goodwin. *Sa bête cyborg* ? *La Colonie* ? Je retournai le rectangle et assimilai le sens des mots qui recouvraient le verso. Je réfléchissais au sens, me demandant si mon implant de codage ne fonctionnait pas.

— Accouplé signifie lié ? Pour la vie ?

— Oui. Rends-le-moi. Laisse tomber, dit Lily en se posant la main sur le visage et en se cachant les yeux.

— Des épouses interstellaires ? Une colonie ? Je ne savais pas que la Terre avait conclu des traités ou des accords commerciaux avec d'autres mondes. Les services de renseignements de Vélérion se trompaient-ils sur la petite planète bleue ? Les Terriens avaient-ils conclu des pactes dont nous n'étions pas au courant ?

— Ce n'est pas la vérité. C'est de la fiction, OK ? Des histoires.

— Des histoires comment, exactement ?

— C'est juste une histoire. Imaginée. Rien de tout cela n'est vrai. C'est pour divertir les gens. C'est tout.

— Intéressant.

— Pas vraiment. Rends-le-moi.

— Pas encore. J'avais très envie d'ouvrir ce livre et de découvrir ce que les histoires humaines disaient des liens de couple et des rituels d'accouplement.

Lily poussa un soupir agacé et décida qu'apparemment, la meilleure chose à faire était de m'ignorer et de consacrer toute son attention à déballer ses valises remplies de livres.

Ce qui me laissa le temps de m'interroger sur cette forme de *divertissement* que je tenais dans ma main. Lily semblait être divertie par de grands mâles aux muscles saillants et aux implants biosynthétiques placés sous la peau. Sur la couverture extérieure du livre, l'expression du mâle était sérieuse et les mots qui se trouvait au dos du livre parlaient de guerre et de torture. D'une sorte de bête.

Espérant comprendre un peu Lily, j'ouvris le livre à une page au hasard et je commençai à lire. Le temps que j'avais passé en simulations d'entraînement avec Lily avait habitué mon implant de codage à lire dans sa langue. Cependant, les mots me choquèrent. Ils firent réagir mon corps qui ressentaient du désir. Une envie soudaine. Tout ce que je m'étais efforcé de contrôler depuis le moment où j'avais rencontré Lily se réveilla alors que l'homme-bête de l'histoire disait hardiment à sa femelle humaine ce qu'il voulait faire à son corps. La façon dont il voulait la revendiquer. La remplir de sa semence. Faire en sorte que son corps se torde de plaisir. Enfoncer sa bite dure dans son intimité humide et la faire jouir encore et encore...

Le livre m'échappa et atterrit avec un petit bruit sur le sol.

Putain. C'était *ça* que Lily avait ramené avec elle de la Terre ? Pas des vêtements. Des objets sentimentaux. Des bijoux. Non.

Lily avait des livres remplis de sexe torride ? De mâles dominants séduisant leurs femelles auxquelles ils étaient accouplés ? Ils baisaient. Se goûtaient. Ils les revendiquaient encore et encore. L'histoire était racontée du point de vue de la femme alors que son compagnon enfouissait sa bite en elle. La prenait avec force. La touchait. L'embrassait. J'avais du mal à respirer à cause du désir brûlant qui se trouvait entre ces pages.

— Lily ?

— Oui ? Son ton sec démontrait son peu, voire son manque total d'intérêt pour moi. Elle avait cessé de ranger ses livres sur le sol pour les placer en piles dans les armoires le long du mur de la chambre. Comme elle le faisait depuis que ses grands yeux s'étaient posés sur moi avec stupeur lorsque j'étais apparu à sa porte pour la première fois, elle semblait faire tout ce qu'elle pouvait pour m'ignorer.

Cette femelle humaine avait déjà fait échouer mon plan soigneusement élaboré. Tout gâché. Elle ne faisait pas du tout ce à quoi je m'étais attendu. Je n'avais aucune idée de ce que je devais lui dire ou comment l'approcher.

Comment la mettre nue.

Elle m'avait à peine parlé, mais putain de merde, elle se mit à fredonner en rangeant ses affaires dans la chambre, sa voix douce et mélodieuse allait droit à ma bite dure.

— C'est ce que tu désires ?

— De quoi parles-tu ? Ses mouvements s'accélèrent. Devinrent maladroits.

— L'homme-bête dans ton histoire. Il a pris sa femme, l'a maintenue contre le mur et l'a pénétrée. Il la faisait crier de plaisir.

— Oh, bon sang, murmura-t-elle dans sa barbe, mais sans me regarder.

— Lily ? Réponds-moi. Est-ce. Que. C'est. Ce. Tu. Veux ? Parce que j'étais tout à fait capable et prêt à la prendre contre le mur et à la faire crier. Mais le seul nom qu'elle crierait serait le mien.

Mon nom. Encore et encore. Jusqu'à ce qu'elle sache exactement qui l'avait revendiquée.

2

Oh, merde. J'aurais dû laisser mes romans d'amour à la maison. Mais j'avais pris en compte tout le reste de ma vie, je pourrais seulement lire *Les Hauts de Hurlevent* ou *L'Odyssée* un certain nombre de fois. Les classiques étaient, eh bien, des classiques, et j'en avais apporté pour des centaines, voire des milliers de dollars de livres, mais je savais que je voudrais aussi quelque chose d'amusant à lire. Quelque chose de sexy. Des histoires qui me rendraient heureuse quand je tournerais la dernière page.

Le reste de ma vie constituait un putain de long moment.

Et maintenant Darius me regardait comme s'il était un lion affamé et que j'étais le dîner.

— Lily ? Il se dirigea vers moi, me tira sur les pieds

doucement avec ses mains jusqu'à ce que je me retrouve en face de lui. Je voulais détourner le regard, mais quand il m'effleura la joue, je me figeai sur place.

— Darius. Je me noyais dans ses yeux. Me noyais, oui. Mon cœur battait la chamade, mes jambes tremblaient.

— Je t'ai posé une question, Titan.

Titan ? Étais-je un Titan ? Un des plus grands, des plus dangereux guerriers technologiques du programme Starfighter ? Six mètres de haut et capable de détruire, de marcher et de parler ?

Était-ce vraiment moi ?

Peut-être étais-je tout cela dans un jeu... non, pas un jeu, un programme d'entraînement que je *croyais* n'être qu'un jeu vidéo sur Terre, la *Starfighter Training Academy*. Assise dans mon salon derrière une manette, j'étais totalement déchaînée. Téméraire. Mais en chair et en os ? Je m'avérais être une véritable femme de caractère. Une vraie dame, aussi. Les dames ne voulaient pas des choses que j'imaginais que Darius me ferait. Et maintenant ? Comment pouvais-je lui dire que je voulais essayer tout ce que j'avais lu dans mes livres avec les hommes bêtes, alors que je n'avais jamais été avec un homme.

— Je devrais finir de déballer mes affaires, chuchotai-je, en fixant ses lèvres. Pourquoi ne pouvais-je pas juste dire oui ? Pourquoi ? Mon désir était comme une bête vivante, enflammée à l'intérieur de mon corps, mais les mots me restaient coincés dans la gorge.

J'avais été élevée dans le respect et la discrétion. La modestie. Une dame devait s'occuper des besoins des autres avant de s'occuper d'elle-même. Ma mère m'avait appris à ne jamais baisser ma garde avec un homme. À ne jamais lui faire confiance.

« Utilise tous les atouts à ta disposition pour obtenir ce que tu veux, m'avait-elle dit un jour, mais ne donne jamais ton cœur à un homme. »

J'avais vu l'indifférence stoïque de mon père briser ma mère en mille petits morceaux. Je l'avais vu essayer de boire pour parvenir à se désintéresser de lui. Mais elle avait continué de l'aimer quand même. Elle l'aimait toujours, pour autant que je sache. Tous les deux mois, ils m'envoyaient un e-mail avec des photos d'un nouveau lieu exotique, mon père était occupé par son « travail » pendant que ma mère s'amusait avec des « leçons » au Country Club ou dans la dernière station balnéaire. J'avais appris très tôt que c'était le code de ma mère pour dire *qu'ils baisaient tout ce qu'ils pouvaient, partout où ils pouvaient*. Ma mère n'aurait jamais été assez grossière pour dire le mot « baiser », mais c'était ce qu'elle voulait dire. C'était presque devenu un jeu pour eux. Une compétition.

Je ne voulais pas être comme eux, alors, j'avais évité les hommes. En toute honnêteté, il ne m'avait pas semblé nécessaire de trouver un pénis pour me débarrasser de ma virginité quand un jouet électronique discret me procurait des orgasmes parfaitement acceptables sans aucun drame. Après un épisode amoureux désastreux à l'université, j'avais appris à ignorer les hommes. Tous les hommes, sauf les versions numériques qui ne pouvaient pas me briser le cœur.

Si je ne voulais pas m'impliquer avec les hommes, alors c'était une sacrée erreur de me tenir ici devant la version live de l'homme que j'avais littéralement construit de A à Z dans le jeu, j'avais sélectionné chaque détail de mon partenaire, de sa voix rauque et sexy à son corps plus que canon, à sa personnalité dominante et arrogante. Une énorme erreur. Darius était une véritable personne originaire de Vélérion, fait de chair et sang, il n'avait pas passé des heures à remplir des questionnaires et des enquêtes pour créer sa version du jeu, dans l'espoir d'être sélectionné pour devenir un Starfighter. Sélectionné par quelqu'un comme moi. C'était mon partenaire idéal, et il aurait tout aussi bien pu avoir les mots chagrin d'amour écrit sur lui en lettres majuscules. C'était dingue, mais j'étais tombée amoureuse de lui bien avant de savoir qu'il était réel. Si je le laissais me toucher de la façon dont ses yeux disaient qu'il souhaitait le faire, il n'y aurait pas de retour en arrière.

Non pas que mon corps ait un seul soupçon de bon sens. Mes mamelons étaient douloureux et aussi durs que des cailloux. Mon intimité se contractait et palpitait, avec une impression de vide. Je voulais qu'il me pénètre comme une bête.

— Lily, parle-moi.

L'air sembla disparaitre de mes poumons, et je passai ma langue sur mes lèvres soudainement sèches, ma langue effleurant le bout de son doigt. Il me dévisageait, profitait de l'occasion pour caresser lentement ma lèvre inférieure humide avec son pouce. Je levai la main vers sa poitrine et la posai au-dessus de son cœur.

— Je ne veux pas parler.

Ce fut son tour d'arrêter de respirer.

Mes mots étaient empreints d'honnêteté. C'était la vérité absolue. Je ne voulais pas parler. Je ne voulais pas mettre mon âme à nu ou lui demander quoi que ce soit. Je ne voulais surtout pas lui dire que la seule chose en forme de manette que j'avais manipulée était à piles.

Respecter les règles ne m'avait rien apporté d'autre qu'un travail solitaire et sans avenir dans une bibliothèque si vieille qu'elle sentait la morgue pour les livres. La plupart du temps, j'étais la personne la plus jeune du bâtiment, d'une vingtaine d'années en moyenne. J'aimais les livres, j'aimais les classiques, mais j'étais fatiguée de lire des histoires d'aventure et de ne jamais en vivre une moi-même.

Darius, grand, mystérieux et sexy, se tenait devant moi et me regardait comme s'il voulait arracher mes vêtements. J'étais sur une autre planète. Lily la Terrienne était morte maintenant. Je n'avais pas à me comporter comme elle une seconde de plus.

La Starfighter Lily Wilson pouvait être un Titan, comme Darius l'avait appelé. Je pouvais être courageuse, sexy et sauvage. Puissante. Téméraire. Importante. Adorée.

N'est-ce pas ?

Si j'étais si courageuse, sexy et sauvage, pourquoi mon cœur menaçait-il de sortir de ma cage thoracique ? Pourquoi avais-je l'impression que j'allais m'évanouir ? Mon corps semblait dériver et s'envoler comme un nuage de fumée, la seule chose qui m'ancrait dans la réalité était la chaleur du pouce de Darius sur ma lèvre.

Je le regardai baisser lentement la tête, son regard passant au dernier moment de mes yeux à mes lèvres. Il était tellement, tellement proche. La chaleur de son souffle était comme du feu dans ma gorge alors que j'absorbais ces sensations. Son parfum. Son désir.

Rien n'existait à part nous. Le temps s'était arrêté. Nous dérivions l'un vers l'autre.

Contact.

Ses lèvres étaient fermes. Chaudes. Exigeantes.

Ce fut ma perte. Je pétais les plombs.

— Enlève. Enlève ça. Je tirai sur ses vêtements, les vêtements noirs et doux qu'il avait mis après notre arrivée dans notre nouveau logement de fonction. Enlève-les. Maintenant.

Darius ne répondit pas, mais ses mains descendirent jusqu'à l'ourlet de sa chemise et la firent passer par-dessus sa tête, interrompant notre baiser juste assez longtemps pour retirer le tissu situé entre nous avant de me dévorer à nouveau.

Ce n'était pas suffisant.

Je baissai les bras et retirai mon sweat à capuche en le faisant passer par-dessus ma tête, révélant le débardeur noir à petites bretelles que je portais en dessous. Les bretelles de mon soutien-gorge rose vif, le seul ensemble soutien-gorge et culotte sexy que je possédais, lui faisaient de l'œil. Je n'avais rien d'extraordinaire. J'étais moyenne à tous points de vue : taille, tour de poitrine, couleur de cheveux. Je n'étais pas un mannequin de défilé ou une beauté éblouissante. J'étais simplement moi.

Darius s'approcha de moi, ses mains se posèrent sur ma taille tandis qu'il inspectait le débardeur moulant et le soutien-gorge rose aguichant. J'arrêtai de respirer alors que le silence s'éternisait. Puis j'essayai de m'éloigner de lui.

Il m'arrêta, m'embrassa à nouveau, puis me serra contre lui. Darius abaissa ses mains sur mes hanches et mit le bas de mon corps en contact très intime avec son sexe dur comme de la pierre, il ne me laissait aucun doute sur le fait qu'il aimait beaucoup ce qu'il voyait.

Darius

Je l'avais embrassée, et elle s'était éloignée de moi.

Je lui avais posé des questions. Elle avait refusé de répondre.

Putain, qu'est-ce que je ne saisissais pas ici ?

— Lily ? Parle-moi. Dis-moi ce que tu veux.

Silence. Ses joues avaient rougi. J'avais du mal à me concentrer en regardant ses lèvres, en sentant la douceur de son corps contre le mien. Son goût sur ma langue. C'était *moi*, qui aurait dû prendre en main notre histoire. C'était ma planète, mon peuple, ma guerre. Pas la sienne. Tout comme je n'étais pas encore à elle, même si je voulais l'être. J'avais besoin de l'être.

J'étais comme brisé en plusieurs morceaux dans la paume de sa main, et elle était censée me recoller. J'avais enfin trouvé ma compagne idéale. Nous étions appariés, formions un vrai couple. Avions des esprits semblables. Des compétences complémentaires. Nous serions toujours mieux ensemble que séparés. J'avais passé des centaines d'heures à combattre à ses côtés lors de nos entraînements de simulation, apprenant ses humeurs et le son de sa voix grâce aux enregistrements qu'elle avait faits pour son avatar. Elle *me* connaissait, mais se comportait comme si nous étions des étrangers. Comme si je ne *la* connaissais pas.

Qu'elle soit maudite. Peut-être que je ne la connaissais pas du tout. Peut-être que c'était moi l'idiot ici.

Son pouls s'accéléra à la base de sa gorge, et elle se

passa la langue sur les lèvres. Un gémissement s'échappa des miennes.

— Tu m'ignores, ou tu essaies de me séduire ? demandai-je, le ton délibérément neutre.

— Je ne sais pas, rétorqua-t-elle. Je ne sais pas ce que je veux.

— C'est un mensonge, Lily.

Son regard se dirigea vers le mien et elle poussa une petite exclamation.

— Quoi ?

— Tu m'as entendu. Tu sais ce que tu veux. Ce que je ne sais pas c'est pourquoi tu ne veux pas être honnête avec moi. Je suis ton binôme. Je suis à toi, Lily. Je suis à toi jusqu'au jour de ma mort. Est-ce que tu comprends ?

Son sourire était un peu triste. Elle leva la main et pointa en direction de sa tempe.

— Est-ce que je comprends ici ? Elle baissa la main et la posa sur son cœur. Ou ici ? Ce sont deux questions très différentes.

— Je n'ai qu'une seule réponse à te donner. Tu es à moi.

Je n'avais jamais enlevé le jean d'une femme humaine avant, mais il était facile à enlever. Je poussai un grognement quand je lui enlevai également sa petite culotte, jusqu'à ce qu'elle soit nue à partir de la taille. Elle remua ses hanches pour m'aider à la déshabiller et lança le jean comme si c'était une gêne une fois qu'il était à ses pieds.

— Tu es à moi, Lily. Tes orgasmes ? Ils sont à moi.

Je commençai à faire des cercles autour de son intimité tout doucement, la taquinant tandis que je la fixais dans les yeux. Je la caressai très légèrement mais d'une manière délibérée, j'explorai autour de son intimité pour la pousser à se tortiller, pour qu'elle ait envie de plus.

— Tu veux que je te mette contre le mur et que je te prenne comme une bête ? demandai-je, en passant mon pouce sur son clito, en faisant tout pour seulement augmenter son désir. Elle n'aurait pas le droit de jouir. Pas encore, pas avant qu'elle ait compris comment les choses seraient entre nous, à partir de maintenant.

— Oui.

Enfin. Un aveu. De son désir. Elle disait la vérité.

Peut-être voulait-elle que je la touche autant que j'avais besoin de la toucher.

Je pris d'assaut sa bouche une fois de plus, la guidant jusqu'à ce que son dos heurte le mur de notre chambre à coucher, et pour toute réponse, elle gémit, ses lèvres était en feu, sauvages, ses mains fougueuses tiraient sur mes vêtements.

— Comme ça ? Je baissai la main vers sa hanche, vers son cul. Caressai sa peau si douce à cet endroit. Je la soulevai pour que son intimité humide soit là où j'avais besoin qu'elle soit, pour que je puisse la remplir, la prendre, la faire mienne.

Ses doigts s'emmêlèrent dans mes cheveux, et je me déplaçai pour embrasser la courbe de sa mâchoire, son cou. Le long de son épaule. Je lui passai par-dessus la tête le haut noir moulant qu'elle portait jusqu'à ce que ses seins soient bien en vue dans une sorte de dispositif rose assorti à la minuscules culotte que j'avais enlevée avec son jean.

Peut-être que j'aurais dû les laisser en place.

Je tirai sur le tissu avec mes dents jusqu'à ce que son

mamelon soit visible, puis j'en aspirai rapidement la pointe tendue avec ma bouche.

Je poussai un râle alors qu'un orgasme commençait à me contracter les couilles, menaçant de se déverser quand elle se mit à gémir et à me tirer les cheveux, et je savais que le goût de sa peau était déjà une addiction.

J'étais sûre qu'elle sentait ma bite, chaude et palpitante contre sa hanche. Je ne pouvais en aucun cas cacher l'effet qu'elle avait sur moi, mon envie désespérée pour elle. À quel point j'avais besoin d'elle. J'étais un guerrier Vélérion, et pourtant, elle n'avait aucune idée de l'ampleur du pouvoir qu'elle avait sur moi.

— Oh mon Dieu, Darius, dit-elle en gémissant.

Sa respiration haletante, ses cris de plaisir évident remplissaient la petite pièce et affectaient directement ma queue.

Je la maintins avec mon bras gauche, fis glisser mon bras droit un peu plus bas, vers son intimité et y enfonçai deux doigts profondément. Son sexe chaud et humide se contracta et se referma sur cette invasion soudaine, et elle poussa ses hanches vers moi d'un coup sec.

— J'ai envie de toi.

— Pas encore. Jouis pour moi. Donne-toi à moi.

— Non.

Elle poussa un petit cri quand je me retirai, puis remis mes doigts profondément.

— Oui.

— Non. Pas comme ça. Je te veux en moi.

Putain.

Était-elle une arme envoyée pour me détruire ?

Mon visage était collé à son cou, je respirai l'odeur de sa peau, de son excitation, ses cheveux. J'écoutai sa respiration, son cœur qui s'emballait. Chacun de ses gémissements me donnait des frissons. Elle ne restait pas immobile. Non, elle bougeait ses hanches en suivant le mouvement de mes doigts, pour les prendre plus profondément. Sa peau était couverte de sueur, elle bougeait la tête dans tous les sens, ses cheveux s'emmêlaient contre le mur.

Ses yeux étaient fermés, sa bouche pressée contre mon oreille.

— Baise-moi, Darius. Baise-moi maintenant.

Je perdis le contrôle. Cette voix réservée et ce ton un peu sec. Qui me suppliait. Moi. De faire exactement ce que je voulais plus que tout au monde.

Mes doigts humides tâtonnèrent l'ouverture de mon pantalon alors que je libérais ma bite et me positionnais.

— Lily ?

— Oui, dit-elle dans un souffle.

— Je ne serai pas capable de me contrôler. Je ne pourrai pas être doux.

— Je m'en fiche.

Le son qui sortit de ma gorge alors que je m'appuyais contre elle, la remplissais, la baisais, la faisais mienne était un mélange de plaisir et de douleur. J'utilisais mes deux mains pour la tenir par les cuisses, pour l'ouvrir, la mettre à nu devant moi, tout comme la bête l'avait fait dans son histoire.

Enfoui jusqu'aux couilles, je me retirai lentement, puis la pénétrai profondément avec force.

Son halètement se transforma en un gémissement alors que son intimité se contractait et palpitait autour de moi, alors qu'elle me donnait l'orgasme que j'avais exigé.

Oui, oui ! Oui !

— C'est ça. Donne-toi à moi. Lâche prise. Jouis, ma femme. Encore. Putain, jouis encore.

Je bougeais vite et avec force, la baisant jusqu'à ce que l'unique son dans la pièce soit le claquement de la peau contre la peau, jusqu'à ce qu'elle s'abandonne à moi. Encore. Et encore. Un orgasme après l'autre. Son corps tout entier se tendit comme un arc, un cri jaillit de sa gorge alors qu'elle serrait et agrippait ma bite.

Voir son plaisir fut ma perte. Mon corps se mit à trembler, s'arqua, cet orgasme était comme un poing douloureux qui me tordaient mes couilles et provoquaient en moi un plaisir à couper le souffle modifiant mon état mental. Je ne serais plus jamais le même. Je sus et acceptai ce fait avec une facilité qui m'aurait choqué quelques heures auparavant.

J'appartenais à cette femme. Elle était à moi, et je ferais tout—absolument tout— pour la protéger.

De longues minutes plus tard, mon corps s'apaisa, et j'essayai de reprendre mon souffle, pour être capable de voir clairement. Je la tenais toujours appuyée contre le mur, elle était douce et soumise dans mes bras, ses mains caressaient mes cheveux maintenant, ne les tiraient plus.

Ce nouveau côté, plus calme de Lily provoqua en moi un sentiment de bonheur que je n'avais jamais connu. Je ne voulais plus bouger, je voulais rester enfoui dans son corps pour le reste de ma vie.

— Waouh.

Ce mot mit fin à mon état de transe, et je gloussai, une certaine fierté masculine me faisant sourire.

— Ai-je rendu justice à ta bête ?

Elle détourna le visage, les joues toutes rouges. J'embrassai doucement sa mâchoire, sa joue, son visage jusqu'à ce qu'elle me donne ses lèvres. Après l'avoir goûté à nouveau, ma queue se remit à bander, je soutins son regard et essayai ainsi de lui faire comprendre qu'elle pouvait me faire confiance.

— J'ai encore envie de toi, Lily.

— Tu es toujours en moi.

Je bougeai mes hanches et elle se mit à haleter.

— Le mur ou le lit ?

— Je pense que je veux tester le lit cette fois-ci.

— Excellent choix. Je la portai jusqu'au lit et je la déposai pour pouvoir me déshabiller. Pour être peau contre peau. J'avais besoin de sentir chaque centimètre d'elle, de la marquer, d'explorer son corps, de la toucher, d'apprendre. Je voulais la faire mienne.

Demain, nous allions partir pour notre première mission. Demain, nous serions propulsés de nouveau dans la guerre.

Ce soir, elle était à moi.

3

Lily, base lunaire d'Arturri, salle de briefing de la mission

Épuisée était le mot juste pour décrire mon état d'être.

Satisfaite.

Endolorie.

Heureuse.

Ces mots fantastiques me correspondaient parfaitement. Tout comme nerveuse.

Nerveuse. Était le terme adapté. J'entrais dans une pièce remplie de guerriers extraterrestres venus d'une autre planète qui s'attendaient à ce que je sois l'une des leurs.

J'étais bibliothécaire. Une excellente bibliothécaire, mais j'avais passé plus de temps avec des livres qu'avec des gens. Plus de deux ou trois personnes dans une pièce, et c'était un concert de rock pour moi.

Alors, bien sûr qu'on pouvait se tenir debout dans la

salle de briefing, mais il y avait deux sièges bien visibles qui étaient vides au premier rang. Ce qui était tout simplement génial si je voulais être regardée, inspectée et observée par chaque personne dans la salle.

Roulement de tambour, s'il vous plaît. Voici le monstre de la Terre. Oh, et si ses cheveux sont en pétard, qu'elle n'est pas maquillée, et qu'on dirait qu'elle n'a pas dormi parce que son nouveau binôme a passé toute la nuit à baiser littéralement chaque cellule fonctionnelle de son organisme ? S'il vous plaît, soyez polis et faites semblant de ne pas remarquer.

Pendant ce temps, je ferais tout mon possible pour faire comme si cela ne résumait pas exactement ce que j'avais vécu depuis vingt-quatre heures.

— Bon retour parmi nous, Darius. Une grande et magnifique femme rousse posa sa main sur l'épaule de Darius alors qu'il me guidait vers l'avant de la pièce pour que nous puissions nous installer vers nos chaises.

— Merci, Bantia. Bonjour Ulixes. Darius inclina son menton vers un homme grand, brun et très beau qui se tenait à côté d'elle. Ils portaient tous les deux des uniformes de Starfighter d'élite, exactement comme ceux que Darius et moi portions maintenant.

J'entendis le nom de Darius plus d'une douzaine de fois alors que les personnes rassemblées le félicitaient tranquillement d'être de retour parmi eux.

Un retour ? Alors, Darius était ici avant ? Avait-il aussi été un Titan ?

Qui avait été sa partenaire ? Son binôme ? Et où était-elle maintenant ?

Est-ce qu'il s'était lassé d'elle et l'avait abandonnée pour moi ? Est-ce que c'était une issue possible pour nous aussi ? *Désolé, Lily, tu ne réponds pas à mes attentes. Il est temps de passer à autre chose...*

Cette pensée me fit frissonner, pas de peur mais de crainte. Ne pas répondre aux attentes était une de mes spécialités. Demandez un peu à ma mère pour voir.

Peut-être que sa dernière femme était morte. Je ne pouvais pas dire que c'était une meilleure issue, mais une petite partie de moi préférait simplement cesser d'exister plutôt que de subir l'humiliation d'échouer en tant que Starfighter dans la vraie vie. Je ne voulais pas décevoir Darius. Ne pas être assez bonne. J'avais déjà suffisamment ressenti cela dans ma vie, alors merci beaucoup.

Ravalant ma nervosité, j'essayai de me concentrer sur l'instant présent. C'était une réunion importante. Tous les Starfighters Titans étaient présents. Deux généraux étaient présents. J'étais une personne importante maintenant. J'avais un travail à accomplir. Un travail qui comptait.

Exactement comme dans le jeu, j'allais participer à ma prochaine mission avec Darius. Mais là, c'était encore mieux. Darius serait réel. Avec de vraies mains et de vraies lèvres et ces yeux sombres si sexy qui me donnaient l'impression qu'il allait bondir et me dévorer.

J'en voulais plus. Et si je devais monter dans une machine et aller casser la baraque pour en avoir plus, c'était ce que j'allais faire. J'avais enfilé l'uniforme étonnamment flatteur de Starfighter d'élite avec l'insigne en forme de tourbillon argenté sur la poitrine. Ce dessin correspondait au tourbillon noir qui marquait l'emplacement de l'implant de codage sur mon cou. Et il correspondait à la marque de Darius, c'était la marque de

Starfighter d'élite que tout le monde dans la pièce semblait avoir.

D'après ce que Darius m'avait dit pendant le court trajet jusqu'à la réunion, des équipes Titans étaient stationnées sur la base lunaire d'Arturri, ainsi que le général Jennix, commandante des spécialistes du contrôle de mission Starfighter d'élite. Le général Aryk et les pilotes Starfighter d'élite effectuaient des patrouilles avec des IPBMs—missiles balistiques interplanétaires— et aidaient à éliminer les poches de résistance de la flotte des Ténèbres sur la planète colonisée de Xenon.

Darius m'indiqua mon siège, puis s'installa à côté de moi, jetant un regard noir à tous ceux qui avaient l'air de vouloir parler à l'un de nous deux.

C'était quoi son problème ? Est-ce que c'était censé être sa version de mec protecteur ? Parce que personnellement, je trouvais que c'était irrespectueux et grossier envers tout le monde dans la pièce sauf moi. C'était flatteur, d'une certaine manière, mais ça ressemblait quand même trop aux manières d'un bouc en rut. Je pouvais entendre le cri de désapprobation scandalisé de ma mère depuis la Terre.

— C'est quoi ton problème ? chuchotai-je. Arrête de regarder fixement tout le monde.

— Il n'y a pas de problème, me répondit Darius, mais son regard continuait de scruter la pièce à la recherche de quelque chose. Des assassins ? Quelqu'un à qui il devait de l'argent ? J'ignorais totalement pourquoi il faisait ça.

— Prenez place et baissez le ton. La voix de Bantia portait bien, et il n'y avait aucun doute concernant le respect que lui témoignait tout le monde dans la pièce. Le général Romulus nous attend, il va nous faire un briefing de la mission depuis sa position à bord du *cuirassé Resolution*.

Ils baissèrent les lumières, et je me penchai plus près de Darius pour pouvoir murmurer à son oreille.

— Et bon retour parmi nous ? Qu'est-ce qu'elle voulait dire par « bon retour » ?

Darius se raidit à côté de moi, et je surpris le regard inquiet d'Ulixes qui nous observait.

— Ce n'est pas important.

Je n'étais pas idiote, mais je n'avais pas envie de faire une scène. Je croisai les bras sur ma poitrine et m'adossai à ma chaise alors que le visage du général vélérien Romulus remplissait l'écran. Sa voix était grave, son regard direct. Ses yeux cernés et ses lèvres pleines étaient marqués par l'épuisement. Il était impossible de déterminer son âge. Il pouvait avoir entre trente et cinquante ans. Son visage remplissait l'espace précédemment vide sur le mur, et il semblait me fixer droit dans les yeux.

— Peut-il nous voir ? demandai-je à Darius.

— Oui.

Super. J'aurais dû mettre du mascara waterproof et du blush dans ma valise. Avec ma peau pâle, je ressemblais à un muffin à la vanille qui aurait dû passer plus de temps au four. À moitié cuit et mou au milieu. Bon sang, mou partout. Je n'étais pas une guerrière. J'avais seulement joué à la guerrière dans mon jeu vidéo.

— Bienvenue, Starfighters. J'ai le plaisir de vous présenter l'équipe Titan numéro sept, Darius de Vélérion, dont vous devez tous vous souvenir, et sa nouvelle compagne, Lily Wilson de la Terre.

Les gens applaudirent à tout rompre et poussèrent quelques cris excités alors que nous étions officiellement présentés au reste des Starfighters. Quand ces quelques applaudissements se calmèrent, le général Romulus reprit :

— Nous vous souhaitons la bienvenue dans la lutte contre la reine Raya de Xandrax et ses alliés de la flotte des Ténèbres.

Il se lança ensuite dans un récapitulatif de quinze minutes concernant leur dernière mission où, apparemment, Mia—*mon amie Mia*—avait sauvé la mise comme une super-héroïne, et cela dans la vraie vie. Selon le général, les méchants avaient pris le contrôle d'une colonie de Vélérion, asservi les gens et les avaient forcés à utiliser leurs usines pour fabriquer des missiles destructeurs de planètes, qui avaient ensuite été tirés en direction de Vélérion et la Terre.

Heu, pardon ?

Pourquoi attaqueraient-ils la Terre ? Nous ne faisions pas partie de cette guerre alien.

N'est-ce pas ?

Je poussai un soupir de soulagement quand le général Romulus ajouta que les deux missiles avaient été détruits avant d'atteindre leur destination et que les pilotes Starfighter d'élite continuaient à patrouiller vingt-quatre heures sur vingt-quatre pour en intercepter d'autres.

D'où la raison pour laquelle je n'avais pas encore vu Jamie. En supposant qu'elle était vraiment ici comme Mia l'avait prétendu quand elle m'avait envoyé un message.

Le général afficha la position des vaisseaux, les orbites planétaires étaient identiques aux planètes fictives du jeu. J'avais déjà vu tout cela, dans un casque, sur Terre.

Cependant, si j'avais eu un doute sur le fait qu'il

s'agissait d'une véritable guerre, il se serait envolé à la fin de sa prise de parole. Soit c'était réel, soit j'étais dans le coma quelque part sur Terre en train de baver sur ma camisole de force.

— Des questions ? demanda Ulixes à l'assemblée, en s'avançant. Personne ne se manifesta.

— Bien. Maintenant, équipes Titans, votre mission est d'infiltrer et de détruire l'une des rares installations souterraines contrôlées par les forces de la reine Raya sur Xenon. Nous avons nettoyé quatre-vingt-dix pour cent de la surface de la planète, mais nous continuons à rencontrer de la résistance. L'installation que nous allons détruire a été construite après l'occupation. La structure est fortement blindée et dispose de nombreuses armes de défense au sol. Nos équipes de MCS Starfighter travaillent sur un système de brouillage qui pourrait rendre aveugles les ordinateurs de ciblage ; cependant, cela n'empêchera pas une opération sur le terrain.

— Combien ? demanda Darius.

— Vingt tourelles en surface ont été identifiées jusqu'à présent, mais il pourrait y en avoir davantage.

Quelques grognements furent la seule indication que je reçus concernant ce nombre de vingt, pour savoir si c'était un nombre moyen. Lors des missions dans le jeu, lors des simulations d'entraînement—je devais arrêter de penser que c'était un jeu—lors *des simulations d'entraînement* donc, vingt aurait été une défense supérieure à la moyenne pour une infrastructure.

— Préparez vos Titans, Starfighters. Les pilotes de navette sont en route depuis la station Eos, ils vont vous emmener. Les détails de la mission ont été téléchargés dans vos Titans. Je souhaite que vous connaissiez tout sur cette structure au moment de votre descente.

Bantia leva les deux mains au-dessus de sa tête et s'écria :

— Départ dans deux heures, Titans.

Putain de merde. Je partais pour ma première mission dans deux heures ? Je n'avais même pas encore vu un Titan dans la vraie vie. Et si je ne savais pas comment le faire fonctionner ? Et si c'était différent ?

— On broie, on écrase, lança quelqu'un derrière moi.

Tous les Titans dans la pièce levèrent le poing et le baissèrent tous ensemble frappant la table en face d'eux.

Juste. Comme. Dans... *les simulations. D'entraînement.*

La pièce se vida rapidement et je regardai fixement le mur vide devant nous. Pour la première fois depuis que Darius avait frappé à ma porte, cela semblait réel.

Le fait que je pourrais mourir, être blessée... Je pourrais avoir à tuer quelqu'un, pour de vrai.

Darius me regarda en silence jusqu'à ce que nous soyons seuls. Il s'avança et me toucha la joue avec ses doigts.

— Est-ce que tu vas bien ?

— Je suppose qu'on va le découvrir bientôt.

Il se pencha et m'embrassa jusqu'à ce que je me détende.

Le front appuyé contre le mien, il me regarda dans les yeux puis ajouta :

— C'est mieux maintenant. Tu es prête à monter dans ton Titan ?

4

ily, baie technique des Titans

SIX MÈTRES DE HAUT. En métal noir furtif. Ce Titan géant à l'allure de robot était armé de petits missiles, équipé de mitrailleuses et d'une multitude d'autres armes enfouies sous sa coque extérieure. Le mot Athéna et l'emblème des Starfighters d'élite avaient été gravés sur la plaque frontale.

— Elle est à moi ?

Darius s'étira et posa son bras replié sur la jambe du Titan géant.

— Fabriquée sur mesure pour toi à partir de scans biométriques acquis lors de simulations d'entraînement.

Il tapota la jambe gigantesque de la machine et leva les yeux, bien haut, vers le sommet du corps du Titan.

— Après avoir effectué cette mission, tu pourras demander tous les changements nécessaires. Nous avons notre propre équipe technique qui entretient et répare nos Titans.

— Vraiment ? C'était tellement incroyable. Tout était plus grand que nature. J'avais l'impression de me promener dans une sorte de trip psychédélique.

— Où est le tien ?

Darius sourit et désigna une baie d'amarrage à côté de celle où nous nous trouvions.

— Juste à côté de toi, là où est ma place.

Je rougis. La chaleur se propagea sur mes joues, et il n'y avait rien que je puisse faire pour l'arrêter. Je l'avais vu nu. Il m'avait vu nue. J'avais chevauché sa bite comme une sauvage. Alors pourquoi est-ce que je rougissais maintenant ? Merde.

Une voix puissante envahit le local.

— Début du chargement. Titan un, libérez votre baie.

Une lumière verte, brillante clignota en guise d'avertissement, et un ensemble massif de bras métalliques s'abaissa du plafond pour soulever le Titan sur un rail. J'observai, fascinée, la façon dont il glissa en l'avant, puis tourna, se dirigea vers une zone de chargement à bord d'une sorte de grande navette.

Le processus ressemblait exactement à ce que j'avais vu des centaines de fois dans la simulation d'entraînement. Sur Terre, j'avais admiré les séquences de montage et les graphiques, j'avais trouvé que le rendu artistique de l'intérieur de la base était une pure merveille de science-fiction, que les Titans étaient agréables à regarder mais pas du tout effrayants.

Maintenant ?

Les Titans étaient gigantesques. Construits pour la destruction. La guerre. C'étaient des machines mortelles.

Semant le chaos sur le terrain. Leurs doigts en forme de griffes pouvaient percer des structures métalliques aussi épaisses que la longueur de mon bras. À l'intérieur, le dispositif de localisation pouvait abattre des chasseurs Scythe ou détruire des bunkers blindés.

Je fixais le Titan de Darius alors qu'il se dirigeait vers une station d'affichage technique et regardait le rapport d'état de sa machine.

— Ça a l'air pas mal. Jetons un coup d'œil à Athéna, d'accord ?

— Oui.

Bien sûr. Dans la simulation d'entraînement, tout s'était passé automatiquement. Mais c'était un jeu vidéo. Cette fois, j'allais me battre avec de vraies armes.

Darius me prit la main et me conduisit au panneau d'affichage connecté à mon Titan alors que les annonces trop fortes continuaient. Ils étaient en train de charger le Titan numéro huit.

— Quels sont nos numéros ? demandai-je.

— Treize et quatorze. Nous sommes l'équipe sept. Il nous reste quelques minutes.

— Équipe Titan sept. Okay.

J'avais entendu ce fait pendant le briefing. Nous étions l'équipe sept. Ce qui signifiait qu'il y avait six autres équipes, douze autres Titan qui seraient chargés avant nous. Mais...

— Dans le jeu, enfin dans l'entraînement, c'était premier arrivé, dernier parti.

— Correct.

— Et nous sommes les derniers ? Donc nous serons les premiers à partir ?

— Oui. Darius me serra la main alors qu'il utilisait sa

main libre pour se déplacer sur le panneau de contrôle, le regard rivé sur les rapports d'état du Titan, pas sur moi.

— Tout a l'air bon pour Athéna. Nous sommes prêts à partir.

Prêts ? J'étais ici depuis moins d'un jour, je n'avais même pas encore mis les pieds dans mon Titan, et nous allions être les premiers à franchir la porte sur Xenon, et nous précipiter directement vers le feu ennemi ?

Super.

Non, je n'allais pas bien. Mais je n'avais pas vraiment le choix, n'est-ce pas ? C'était ce que j'avais accepté et, apparemment, ce pour quoi je m'étais entraînée. Mon cœur battait la chamade, et seulement en partie à cause de la peur.

Dans ma vraie vie, j'étais une personne timide. Introvertie. Je passais plus de temps avec les livres qu'avec les humains. J'étais si souvent à la bibliothèque que je n'osais pas avoir d'animal de compagnie, pas même un chat. Mais dans le jeu ?

Dans le jeu, j'étais incroyable. Téméraire. Agressive. Je bottais le cul de tout le monde, je hurlais sur mes ennemis et j'abattais les murs à mains nues. Dans le jeu, j'étais un monstre.

Je me rendis compte que j'aimais être ce monstre. J'étais fatiguée de cacher toutes mes émotions et d'agir comme si tout allait bien dans le monde.

Parfois, une dame avait aussi besoin de crier fort. Et c'était le moment.

Étais-je terrifiée ? Oui. J'étais aussi excitée. L'adrénaline coulait à flot dans mon corps. Je me sentais... vivante.

Darius s'éloigna du panneau de contrôle alors que

l'annonceur passait au Titan numéro neuf. En me tenant toujours par la main, il m'entraîna derrière lui.

— Nous ferions mieux de quitter les baies. Viens. Il y aura à boire et à manger pour nous dans la navette.

Je marchai à ses côtés et on commença à faire la queue avec les autres équipes de Starfighters d'élite Titans pour monter par la porte des passagers de la grande navette. À l'intérieur, les sièges étaient confortables sans être luxueux, et je m'installai à côté de Darius, dos contre la paroi de la navette. L'espace me rappelait l'intérieur des avions militaires que j'avais vus dans les films, où les soldats étaient assis en ligne le long de l'extérieur et où le centre était dégagé pour faciliter les déplacements. Les Titans étaient visibles à travers une grande fenêtre qui séparait les Starfighters de l'extrémité arrière de la navette de transport, suspendus à de longs rails sur le toit de la navette afin qu'ils puissent rouler et décoller plus facilement que s'ils étaient debout. Et si la navette devait rouler ? Ou était touchée ? Ils n'iraient nulle part.

— Pourquoi Athéna ? La question de Darius me fit cligner des yeux.

— Quoi ?

— Pourquoi as-tu appelé ton Titan Athéna ?

— Parce que c'est la déesse grecque de la guerre.

Darius hocha la tête comme si c'était parfaitement logique.

— Et Tycho ? demandai-je. D'où vient ce nom ?

Il se détourna de moi.

— C'est un prénom qu'on donne dans ma famille.

Ok. Apparemment, il ne voulait pas en parler. Ce qui était aussi bien. Pour le moment. J'avais mes propres problèmes quand il s'agissait de famille, et je n'avais pas l'intention d'en discuter dans une navette pleine de Starfighters vélérions en route pour la bataille. Deux assistants vinrent vers chacun de nous pour proposer de la nourriture et des boissons. Je choisis un peu de tout pour pouvoir y goûter. Il y avait des fruits sucrés et des fruits acides. Je préférais le sucré. Les viandes me rappelaient le pepperoni et le salami, et je supposai qu'il s'agissait de nourriture spatiale et qu'elles étaient probablement si pleines de traitements et de conservateurs qu'elles nous survivraient toutes. Je ne savais pas si c'était vraiment le cas, mais je les mangeai sur du pain épais et dense qui aurait pu passer pour du naan sur Terre. L'eau était froide et fraîche avec un soupçon de quelque chose qui me rappelait l'eau minérale.

J'étais trop nerveuse pour manger beaucoup, mais Darius se servit une grande quantité de nourriture, comme la plupart des autres personnes.

Si j'avais mangé autant, j'aurais vomi. Il n'y avait aucun doute là-dessus.

Le temps s'écoula, plusieurs heures peut-être—je n'en étais pas sûre—mais pour moi, le voyage allait se terminer trop vite. Les sirènes nous avertissant de passer à l'arrière et de monter dans nos Titans me firent dresser les poils sur les bras.

— Tu es prête ?

— Oui. Je détachai ma ceinture et suivis Darius et les autres à travers la porte coulissante qui s'était ouverte vers la zone de stockage des Titans. Des échelles étaient descendues du système de remontée. Je savais ce qu'il fallait faire. J'avais aussi vu cela dans les séquences de montage du jeu vidéo.

Je grimpai sur l'échelon le plus bas et tins bon tandis

que le système de remontée me soulevait jusqu'au cœur du Titan. J'entrai à l'intérieur et pris place, le dos appuyé contre un support rembourré tandis que mes bras et mes jambes glissaient dans une combinaison qui me recouvrait du cou aux orteils comme une seconde peau. La combinaison lirait les impulsions nerveuses qui se trouveraient dans mon corps. Un simple mouvement de mon doigt pouvait déclencher un missile ou des flammes. Une fois activé, l'affichage tête haute de mon casque de Starfighter me donnait toutes les informations dont j'avais besoin sur mon Titan. Localisation. Statut mécanique. Armes. Température. Je pouvais changer de direction d'un simple coup d'œil sur la carte. Faire fonctionner le Titan était aussi facile que de respirer, ce corps gigantesque était comme une extension de moi-même.

Le toit s'abaissa et m'enferma à l'intérieur. Je dus lutter pour garder une respiration lente et régulière. Ensuite, les plaques frontales et le blindage externe se refermèrent sur le toit. Je serais aveugle face au monde extérieur, à l'exception de ce que je pourrais voir à travers l'écran de mon casque. L'air que je respirais serait purifié, recyclé et pressurisé afin que je puisse combattre dans n'importe quel environnement, sur n'importe quelle planète ou dans l'espace. J'étais un vaisseau spatial ambulant ; les propulseurs fixés au Titan me permettaient de voler sur de courtes distances, si nécessaire. Je ne pouvais pas aller très loin, mais je pouvais aller assez loin pour m'éloigner d'un ennemi... ou en suivre un.

Le système de communication s'activa dans mon oreille, et une voix désormais familière envahit ce que je considérais être mon propre cercueil de vampire. Comme

Dracula, j'étais vivante ici. Enfermée à l'intérieur. Mortelle. Mais toujours vivante.

— Équipes Titans, ici le général Romulus à bord du *cuirassé Resolution*. Les détails et les coordonnées de la mission ont été programmés dans vos Titans, ainsi que les emplacements connus des systèmes de défense au sol. Déploiement dans dix minutes. Vous aurez un soutien aérien limité jusqu'à ce que vous éliminiez les systèmes de défense au sol. Bonne chasse.

La communication prit fin, et mon Titan se mit en marche, chaque dispositif passant par la séquence de lancement automatique.

— Lily, tu m'entends ? La voix de Darius était calme, et je laissai le son de sa voix pénétrer doucement mon esprit.

— Oui. Ici Lily. Je t'écoute.

— Tu es le quatorze, Lily.

Quatorze, quoi ? Ah, Oui, le Titan quatorze. Le dernier arrivé. Et le premier à partir. Merde. J'allais être la toute première d'entre nous à toucher le sol.

— Putain, trop génial.

— Je serai derrière toi quelques secondes plus tard. Attends-moi.

— Bien reçu. Je n'étais pas pressée de foncer sur une planète étrangère dans une nouvelle machine que je n'avais jamais utilisée.

Sauf que c'était un mensonge. Chaque commande, chaque lumière, chaque son m'était familier. Je connaissais la disposition de ce Titan mieux que la voiture que je conduisais chaque jour pour aller travailler à la bibliothèque. Les boutons répondaient à mes mouvements et à mes ordres exactement comme dans la simulation d'entraînement. Ce

Titan n'était peut-être pas numérique, mais l'affichage dans mon casque était identique à celui que je portais sur Terre. Les commandes manuelles, les moniteurs du système. La chaleur. Le nombre d'armes. Les relevés d'énergie. Les niveaux d'oxygène. Les capteurs de pression. La carte. Je reconnaissais tout. J'avais l'impression d'être prise au piège dans la plus grande impression de déjà-vu qui soit.

J'étais une géante de six mètres de haut avec un exosquelette presque indestructible, des griffes et assez d'armes pour faire sauter toute la ville de Londres.

La plate-forme subit quelques secousses, et mon corps tout entier gronda et trembla tandis qu'Athéna, Titan quatorze, roulait vers les portes de lancement. Le système de rails me catapulterait dans la direction où je devais aller, et je devrais compter sur ma machine pour démarrer.

— C'est parti, Athéna. Je compte sur toi.

— Tout va bien se passer, Starfighter. La voix féminine était celle que j'avais choisie pendant la simulation de combat. Cette voix toute simple et reconnaissable me rassurait mieux que tout autre chose.

— Tous les systèmes sont optimaux. Lancement dans dix, neuf, huit...

La voix de l'intelligence artificielle qui faisait fonctionner mon Titan, alias la voix d'Athéna, continua le compte à rebours tandis que je m'installais dans mon siège et que je parcourais tous mes relevés. C'était exactement comme dans le jeu. Les mêmes écrans. Les mêmes boutons. Les mêmes manettes. La même voix dans mon oreille.

— Je peux le faire.

— Je suis juste derrière toi, Lily. Attends-moi, ordonna Darius.

Quand il avait dit quelque chose de similaire au lit ? Cela avait été torride. Tout mon corps s'était enflammé, et j'avais joui sur sa queue, en prononçant son nom et en gémissant alors que mes ongles s'enfonçaient dans son dos.

Maintenant ? Ce n'était plus pareil. Qu'est-ce qu'il pensait que j'allais faire ? Me jeter à terre et m'enfuir loin de lui ? Me cacher ? Combattre tout ce qui existait sur la planète par moi-même ? Il pensait que j'étais suicidaire ou juste stupide ?

— ...trois, deux, un, lancement. La voix d'Athéna confirma ce que le poids lourd de mon dos contre le cockpit du Titan me disait déjà. J'étais propulsée vers l'avant avec une force d'au moins cinq ou six G qui me poussait dans le siège et essayait simultanément d'arracher mes joues de mon visage. J'aimais les montagnes russes, et c'était comme un manège de dingue !

Mon écran se remplit de l'horizon de la planète alors que je me précipitais vers le sol. La cible était juste devant moi, les deux canons de défense les plus éloignés étaient presque à ma portée, mon Titan toucha le sol avec un bruit sourd et je continuai de courir.

En déplaçant mon regard, je coupai les communications sortantes. Je pouvais toujours entendre tout ce qui se passait avec les autres équipes, mais j'avais tendance à me parler à moi-même lorsque je jouais—me battais—peu importe, et je n'avais pas envie que Darius ou les autres écoutent mon petit bavardage.

— Athéna, bloque les communications sortantes sauf

si je m'adresse spécifiquement à un des autres Titans par son nom.

— Affirmatif. Surveillance et filtrage audio.
— Merci.
— Le plaisir est pour moi, Starfighter Lily Wilson.
— Appelle-moi Lily.
— Merci pour cet honneur. Je t'appellerai Lily.
— Génial.
— Bien sûr, Lily. Je suis un Titan.

Est-ce que je me disputais avec une machine ? Pas vraiment, mais pourquoi avais-je l'impression que cette intelligence artificielle était élitiste ? Une machine pouvait-elle se sentir supérieure aux autres machines ? Qu'est-ce qu'Athéna avait vraiment compris ? Était-elle juste un ordinateur de pointe, comme ceux que nous avions sur Terre ? Ou était-elle réellement consciente ? Vivante ?

— Lily, ralentis ! L'ordre de Darius était clair et net. Tu seras à portée de ces canons avant que je puisse t'atteindre.

— Sans blague, Sherlock, marmonnai-je. Mais qu'est-ce que Darius allait faire contre ça ? Bientôt, nous serions tous des cibles pour les hommes de la reine Raya.

— Sherlock n'est pas un membre des équipes Titans, clarifia Athéna.

— Non, tu as raison.

— Alors pourquoi t'adresses-tu à lui ? À qui dois-je transmettre le message ?

Cela ne s'était jamais produit dans la simulation d'entraînement.

— Je me parlais à moi-même.

Silence. Parfait.

En approchant de la zone cible, j'analysai les nouvelles données qui arrivaient dans mon Titan. Trois des canons avaient été déplacés en hauteur depuis que le général Romulus avait effectué le briefing de la mission. Les choses avaient changé, ce qui signifiait que le plan devait changer.

Si nous n'éliminions pas les canons montés sur les parois de la falaise, ils nous tireraient dessus comme si nous étions des poissons dans un tonneau.

— Athéna, partage les nouvelles données de placement des canons avec le reste des équipes Titans ainsi qu'avec le commandement de la mission.

— Données transmises.

— Bien.

— Lily ! Merde ! Attends-moi. C'est dangereux !

— Vraiment ? Merci pour les infos !

Comme si c'était une réponse directe à mon sarcasme, le canon à énergie le plus proche lança une explosion de lumière aveuglante dans ma direction. Je sautai instinctivement et Athéna sauta par-dessus l'explosion comme un cerf franchissant une barrière.

— Darius, je me dirige vers la cible Bravo. Elle a été relocalisée dans le mur du canyon.

— Je vois ça. Lily, ne t'approche pas de là. Je vais m'en occuper. C'est trop dangereux.

— Trop dangereux pour qui ? demandai-je.

Athéna répondit.

— Le Titan Tycho pense que l'approche de la cible Bravo est une trop grande menace pour nous, Lily.

— Pourquoi ça ?

Je n'attendais pas de réponse, mais en eus quand même une et regrettai d'avoir posé la question.

— Réponse inconnue. Mes calculs prévoient un taux de réussite de dix-sept pour cent supérieur à celui de Titan Tycho sur sa trajectoire actuelle.

Seigneur. Maintenant j'avais une calculatrice qui parlait. Que disait Han Solo déjà ? « *Ne me donne jamais les chances de réussite.* »

Un coup de canon illumina mon écran. Le côté droit de mon corps fut imprégné de chaleur alors que les boucliers de mon Titan absorbaient le coup. Je dus plonger et faire une roulade pour éviter une deuxième attaque. Une troisième suivit immédiatement, elle frappa mon Titan à l'arrière et me bouscula plus rapidement que prévu. Merde.

Je dérapai, finis par m'arrêter et sautai pour me mettre dans une position à trois pattes, en plaçant mon poids sur la pointe de mes pieds, une main en bas pour l'équilibre, l'autre bras levé, avec mes systèmes de ciblage verrouillés sur le canon le plus proche.

Je tirai, le petit missile hurla en traversant l'atmosphère peu importante jusqu'à ce qu'il explose contre le champ de force qui entourait le canon.

Je jurai, tirai à nouveau et changeai de position alors qu'un canon adjacent me prenait pour cible et tirait sur ma localisation.

— Lily ! Sors de là ! Darius me criait pratiquement dans l'oreille. J'avais vérifié mes cartes. Il était environ quinze secondes derrière moi, le Titan suivant se trouvait juste derrière lui et ainsi de suite. Tout le monde était au sol maintenant. Ils couraient. Se rapprochaient.

— Tout va bien. Si j'avais eu des cheveux, ils auraient probablement été brûlés, mais tous mes capteurs indiquaient qu'Athéna était en état de marche. J'avais pris beaucoup plus de dommages que ça dans nos simulations d'entraînement. *Beaucoup* plus.

Je courus vers la falaise, en utilisant les propulseurs pour augmenter ma vitesse. Quand je fus suffisamment près, je sautai sur le côté du rocher, avec les longues griffes d'Athéna sorties de ses mains et de ses pieds. Elles perçaient la roche fragile et friable comme des forets en diamant alors que je rampais et montais. Plus haut. Encore plus haut.

Cinquante mètres. Quatre-vingts. Cent mètres. Je pouvais voir les points d'ancrage qui fixaient la base du canon à la roche au-dessus de moi, ils étaient juste hors de portée.

Je jetai un coup d'œil en bas. Le reste des Titans s'était dispersé et attaquait les positions des canons précédemment cartographiées. Les deux Titans assignés aux deux canons supplémentaires qui avaient été déplacés contre toute attente faisaient leur propre ascension.

Et Darius dans Tycho ? Il escaladait. Il n'était pas en train de se battre. Il n'aidait pas les autres. Il ne faisait pas son foutu travail.

Il grimpait. Derrière *moi*.

— Lily ! Fais attention !

5

arius

Un chasseur Scythe venait d'apparaitre de nulle part et plongeait droit vers Lily.

Les chasseurs de la reine Raya étaient petits, rapides et presque impossibles à éviter depuis le sol. Je criai pour l'avertir alors que le chasseur tirait sur la position de Lily.

— Lily ! Fais attention !

Mon cœur s'arrêta dans ma poitrine, la douleur ressemblant à des pinces déchirant cet organe en deux. Plus d'air. Je n'avais plus d'air. Ma vision se brouilla. Comme la dernière fois.

— Lily ! En utilisant ma volonté, je fis grimper mon Titan le long de la falaise, en utilisant mes propulseurs pour ramper et voler jusqu'à elle. Rien d'autre ne comptait. Rien d'autre.

Lily s'accrochait au rocher avec un bras et balançait tout le corps de son Titan au moment où les missiles du chasseur Scythe atteignirent les rochers et explosèrent, cela envoya des débris sur ma tête.

Un gros rocher me frappa. Je glissai. Lâchai prise. Tombai.

Réussis à me rattraper.

Je levai les yeux. J'étais encore trop loin.

— Lily !

— Darius, calme-toi. Je vais bien, dit-elle d'un ton un peu sec en parlant fort. C'est quoi ton problème ? Ce n'est pas aussi difficile que la plupart des missions de la simulation d'entraînement. Laisse-moi tranquille et va faire ton travail.

Il fallait que je la laisse tranquille ? Que je fasse mon travail ? Putain. Maintenant elle parlait exactement comme mon grand frère, Tycho, avant...

Non. Je ne voulais pas penser à ça. Rien n'allait arriver à Lily. J'étais là. Je la protégerais, même d'elle-même.

En lançant mes propulseurs à leur maximum, je lâchai la paroi de la falaise et volai au-dessus du canon que Lily avait escaladé. J'éteignis mes propulseurs pour économiser du carburant et atterris avec un bruit sourd sur le sol juste derrière la tourelle.

Le canon pivota, le bout ouvert étant carrément sur ma poitrine.

L'énergie du canon augmentait, le léger bourdonnement dans l'air me prévenait de l'imminence de l'attaque.

— Darius ! Qu'est-ce que tu fais, bon sang ?

— Je te sauve.

Lily apparut de l'autre côté du canon, son corps de

Titan rampant sur le côté du petit rebord. Je me renfrognai malgré le fait qu'elle ne pouvait pas voir mon visage.

— Tu dois bouger. Je suis sur le point de détruire ce truc, et l'explosion pourrait brûler ton armure.

— Et ton armure, alors ? demanda-t-elle.

— Je ne m'inquiète pas pour moi.

— Tu es un idiot.

— Tu n'as pas bougé.

— Je gérais la situation. Pourquoi tu fais ça ?

— Allez ! Va-t'en ! Maintenant ! Je bondis, mis en marche mes propulseurs, le système de ciblage du canon suivait chacun de mes mouvements, la longueur du canon augmentant en même temps que moi.

— Darius, espèce d'idiot. Tu ne peux pas faire ça.

Lily se pencha en avant, ses bras de Titan s'enroulant autour de la base du canon. Avec un bruit puissant, à moitié cri, à moitié gémissement, elle creusa un tunnel sous la base du canon et le souleva.

— Non !

Ma protestation tomba dans l'oreille d'un sourd alors que Lily soulevait le canon entier de sa base. C'était trop lourd. J'aurais dû le lui dire.

Le sol s'effondra sous ses pieds.

Elle se déplaça, glissa vers le bas et vers l'arrière avec une accélération soudaine, le canon qui était très lourd se trouvait toujours dans ses bras alors que le rebord se brisait en morceaux sous le poids.

— J'ai dit que je *gère*. La voix de Lily était un rugissement dans ma tête alors qu'elle pliait les genoux et arquait le dos, retournait le canon sur sa poitrine, puis le déplaçait vers sa tête. Puis par-dessus.

Elle tomba en même temps que le canon, juste quelques mètres en arrière, une destruction certaine les attendait sur le sol en dessous.

— Lily ! Je vis ce qui allait arriver. Des os brisés. Du sang. Des yeux sans vie.

Je ne pouvais pas laisser cela se passer. Pas à nouveau.

Le canon toucha le sol et explosa dans une boule de flammes qui engloutit complètement mon binôme. Je ne voyais plus que du feu.

Sans carburant pour brûler, la flamme vacilla rapidement et s'éteignit en quelques secondes. Je fouillai le sol, utilisai le reste du carburant de mon propulseur pour voler jusqu'au sol et la retrouver. C'était ma femme. Mon binôme. Ma vie. Mon futur. Mon tout.

J'atterris et la trouvai en position accroupie, elle m'attendait. Elle était indemne, son Titan n'avait subi aucun dommage. Elle avait fait un saut périlleux, utilisé ses propulseurs et atterri en position accroupie avec un timing parfait de Starfighter d'élite.

— Lily ? Est-ce que ça va ?

— Ne. Me. Parle. Pas

Ce fut la dernière chose qu'elle dit avant de se lever de toute sa hauteur. Debout, nous étions de taille égale. De force égale. Nos Titans étaient identiques, à l'exception des noms gravés dans les armures exosquelettes et du guerrier qui les contrôlait.

— Lily ?

Elle tourna les talons, le Titan Athéna avec sa guerrière aux commandes se précipita dans la bataille qui faisait rage derrière moi. Je la suivis. Je la suivrais toujours.

Lily

———

Comment osait-il ?

Comment ?

Si je n'étais pas en train d'utiliser mes poings métalliques géants pour réduire en poussière la base rocheuse du dernier canon—le canon de Darius, celui qu'il avait été chargé de détruire, celui qu'il avait ignoré pour me poursuivre comme si j'étais un enfant sans défense—je serais en train de frapper cet homme à la place.

Est-ce que j'avais été nerveuse de me retrouver dans un monde étranger ? Oui. D'être la première à franchir la porte ? Oui, sans l'ombre d'un doute. Mais au moment où les pieds de mon Athéna avaient touché le sol, quelque chose s'était produit.

J'étais redevenue la combattante dure à cuire du jeu. Je n'étais plus Lily la bibliothécaire, mais Lily la Starfighter d'élite dans son Athéna, la déesse Titan de la guerre, et j'étais prête à casser la baraque.

— Lily ? Tu vas bien ?

Bien sûr, il m'avait suivie.

Le poing de son Titan atterrit près du mien, et le socle de pierre sur lequel était monté le canon terrestre s'effrita sur un côté.

Darius se retourna pour le frapper à nouveau, mais je le repoussai hors de mon chemin.

— Qu'est-ce que tu fais ? cria-t-il

— Et toi, qu'est-ce que tu fais ? répondis-je en hurlant,

si furieuse que je pouvais sentir mon pouls battre dans mes tempes. J'avais un horrible mal de tête, et je sentais le goût du sang dans ma bouche après m'être mordu la joue.

— Qu'est-ce que je fais ?

Chez moi, je ne montrais pas que j'avais du caractère. Une telle démonstration n'était pas digne d'une dame. Ma mère avait fait en sorte que je sache me contrôler, cacher ce que je ressentais, dès mon plus jeune âge.

D'une certaine manière, le fait d'être dans ce chasseur Titan sur une autre planète avait arraché tous les pansements émotionnels de mon cœur pudique, discret et mièvre, et m'avait transformée en bête.

Oui, c'était exactement ce que je ressentais, j'étais comme une bête d'Atlan, remplie de rage guerrière. Énorme. Puissante. Invincible.

Je sautai sur le sommet du canon, enroulai les bras de Titan autour du tube d'où sortait le tir, appuyai mes pieds contre la base et tirai. Vrillai. Tirai Fort.

Le métal du canon se mit à faire un bruit similaire à celui produit par des ongles sur un tableau noir alors que le tube de mise à feu s'arrachait de la base.

— Qu'est-ce. Que. Je. Fais ? dis-je en murmurant cette question, et Darius recula de quelques pas pour me regarder, les mains devant lui comme pour parer à une attaque.

Oh, oui, j'allais l'attaquer, c'était sûr.

— L'analyse de votre ton indique que vous êtes en colère. J'autorise la diffusion de vos communications avec le Starfighter d'élite Darius sur votre fréquence de communication privée.

— Bien.

Je voulais qu'il sache que j'étais furieuse contre lui à cause de son manque de confiance en moi. De ses conneries surprotectrices.

Je soulevai le morceau de canon et le lançai dans sa direction, non pas pour le blesser, mais pour qu'il comprenne le message. Il évita facilement ce gros bloc.

— Lily, parle-moi. Qu'est-ce qui ne va pas ?

— Qu'est-ce qui ne va pas ?

Est-ce qu'il me posait vraiment cette question ? Et pourquoi étais-je soudainement au bord des larmes ? Putain de merde.

Les autres équipes de Titans étaient en train de détruire les derniers canons d'assaut au sol, et je levai les yeux au ciel lorsque des alarmes retentirent dans mon casque. Chasseurs Scythe en approche. En grand nombre.

— Activez-vous, Titans ! La voix du général Romulus me sortit de mes pensées et me ramena au cœur de l'action.

Je sautai du rocher et courus vers l'entrée du bunker de la Reine Raya. D'autres tirs étaient sortis des orifices se trouvant sur ces portes imposantes, mais ils étaient bien plus dangereux que les canons que nous venions d'éliminer comme un essaim d'abeilles tueuses. Ils ne posaient pas de réel danger. Cependant, les chasseurs au-dessus de nos têtes pourraient détruire l'un d'entre nous.

— Lily ! Mets-toi à l'abri !

— Non ! Je courus vers la porte, la rage m'animait et mon sang en ébullition coulait dans chaque cellule de mon corps. Je n'étais pas une enfant qu'il fallait dorloter et protéger. Je n'étais pas une fille stupide qui ne savait pas comment se protéger, comment se battre. J'étais un Starfighter d'élite, et Darius avait sacrément intérêt de s'en rendre compte et de l'accepter, ou nous allions avoir de sérieux problèmes.

Peut-être que c'était déjà le cas.

Je me plaçai à côté de Bantia et d'Ulixes, nous étions tous les trois la première ligne d'une formation d'assaut qui s'étendait derrière nous comme des ailes. Nous étions la pointe de la lance.

Mon sang bouillonnait. L'adrénaline envahissait mon organisme déjà épuisé. Mais nous n'avions pas encore fini.

— Chasseurs Scythe ! En direction de la crête ! cria quelqu'un. Je n'avais pas reconnu la voix, mais les écrans d'Athéna m'informèrent qu'elle provenait d'un membre de l'équipe Titan numéro quatre.

Je levai les yeux en courant et aperçus deux chasseurs passer en trombe au-dessus des falaises que je venais d'escalader, je n'avais jamais vu des jets se déplacer aussi vite. Encore deux autres. Il y en avait quatre en tout. Ils étaient tous en formation de combat, comme à la *Starfighter Training Academy*.

— Lily ! Attends-moi !

— Les quatre à l'arrière, mettez un genou à terre et tirez sur les chasseurs Scythe dans le ciel, ordonna le général Romulus.

Les données d'affichage montraient que les quatre derniers Titans se détachaient du groupe et prenaient position pour défendre le reste d'entre nous. Darius était l'un d'entre eux. Je pouvais l'entendre jurer dans mon casque.

— Putain ! Putain de merde ! Lily !

Mais il obéit aux ordres du général Romulus.

— Enfoncez cette porte. L'assaut terrestre est prévu dans deux minutes. L'ordre de Bantia était clair et précis. Nous avions deux minutes avant que les petites équipes d'assaut ne se déversent dans ce bunker comme de l'eau. Fallait-il encore que l'on ait ouvert la porte pour elles.

— On y va ! criai-je, puis j'utilisai mes propulseurs pour voler vers l'ouverture la plus haute de la porte. Une grande arme à énergie se tourna vers moi. J'enroulai une main Titan autour de l'extrémité et tirai dessus avec toute la puissance que je pouvais obtenir d'Athéna.

L'arme bourdonna, la vague d'énergie était si forte que je pouvais la sentir remonter le long de mon bras à l'intérieur de l'armure protectrice du Titan.

La voix d'Athéna remplit mon casque.

— Lily, je te recommande de te désengager. Cette arme nous détruira dans six...cinq...quatre...

Avec un cri de frustration, je mis toute la rage, la peur et l'anxiété que j'avais ressenties depuis que j'avais quitté la Terre dans ma prochaine traction.

L'arme se détacha avec un bruit sec, et je la jetai au sol par-dessus mon épaule.

— Bien joué, la bleue, dit Bantia. Elle était en dessous de moi, à ma gauche, et s'attaquai à l'arme suivante.

— Merci. Au moins quelqu'un appréciait mes compétences.

Avec mes griffes, je creusai dans le mur et utilisai le poids de mon Titan pour me frayer un chemin jusqu'à l'ouverture suivante. Celle-ci avait ouvert le feu, alors j'abaissai le bras vers le coin et tirai une grenade à l'intérieur.

Trois secondes plus tard, l'arme explosa, en plein tir, l'explosion fut alors deux fois plus importante qu'elle ne l'aurait été autrement. Les débris de l'explosion venaient de détruire une section supplémentaire du mur du bunker, avait fait sauter l'épais blindage métallique pour révéler une série de structures porteuses qui me faisaient penser à des poutres sous un toit. Mais elles étaient épaisses. Lourdes. Indestructibles. Il y en avait un nombre considérable les unes après les autres, comme dans un labyrinthe.

On ne traverserait jamais ce mur avec un assaut frontal. Il faudrait faire exploser tout le côté de la falaise pour ne serait-ce qu'y faire une entaille.

En regardant derrière moi, je vis Darius abattre un chasseur Scythe, le petit vaisseau perdit le contrôle et plongea vers le sol en s'enflammant.

De l'autre côté de la zone de combat, un autre chasseur venait aussi de s'écraser et était maintenant réduit en cendres. Je grimaçai.

Personne n'aurait pu survivre à cela.

Jusqu'à présent, j'avais détruit des armes sans pilote, pas des gens. Mais ça pouvait changer à tout moment.

— Allons-y, Lily ! Finissons-en. Le Titan de Bantia sauta dans l'ouverture que j'avais créée et disparu dans le labyrinthe. Ulixes était juste derrière elle tandis que je m'accrochais au côté du mur avec une main griffue et deux pieds qui perforaient encore le matériau de blindage.

— Nous devons l'ouvrir de l'intérieur, dit Ulixes, puis elle disparut derrière son partenaire de combat.

Je regardai par-dessus mon épaule pour vérifier que Darius était toujours vivant. C'était bien le cas. Il jurait et tirait comme un fou furieux. Puis se mit à courir vers ma position.

— Lily !

J'ignorai son cri et me laissai tomber dans l'ouverture pour suivre Bantia et Ulixes à l'intérieur. En quelques secondes, l'obscurité totale m'envahit.

6

Rien de tel que de marcher sur des poutres dans le noir complet. Les systèmes infrarouge et sonar d'Athéna me fournissaient un affichage visuel, mais ce n'était pas clair.

— Athéna, tu ne peux pas nettoyer ça ? Je ne peux pas voir.

— Négatif, il y a trop d'interférences dues à leurs fréquences de brouillage.

— Génial. Je fis deux pas de plus. Le pied gauche du Titan glissa, et je réussis de justesse à rattraper le corps gigantesque avec ma main droite.

— C'est ridicule. Donne-moi une lampe de poche et ouvre le blindage pour que je puisse voir de mes propres yeux.

— Le blindage défensif sera à cinquante pour cent.

— Je m'en fiche. J'ai besoin de voir.

— Message reçu. Avec quelques clics sonores et des bruits de frottement, le blindage frontal qui couvrait mon visage glissa et je me retrouvai seulement protégée par mon casque et la verrière translucide. Des projecteurs lumineux perçaient l'obscurité sur trois ou quatre mètres devant moi, et je soupirai de soulagement. Ce n'était pas parfait, mais au moins je pouvais voir où j'allais.

— Lily, je t'ai perdue de vue. Au rapport. La voix de Bantia me donnait un ordre.

— La visibilité à vue est de trois à quatre mètres. La seule façon de voir est de ne pas utiliser de bouclier complet. J'utilise seulement la verrière et le casque.

— Ulixes ? demanda-t-elle.

— Je ne vois rien du tout. Les brouilleurs sont de plus en plus forts au fur et à mesure qu'on s'enfonce.

— Passe en visuel. Et sois prudent.

— Bien reçu, dit Ulixes.

Les lumières des deux autres Titan s'allumèrent, et ainsi, je parvins à distinguer juste assez de la structure pour voir une construction en spirale.

— On va en haut ou en bas ?

Une lumière apparut derrière moi. Je me retournai et découvris Darius dans Tycho à quelques pas de là.

— On va aller dans les deux. Bantia et Ulixes vont en bas, Lily et moi allons en haut.

— Tu n'es pas censé être dehors pour abattre des chasseurs Scythe ? demandai-je.

— Le soutien aérien des pilotes de Starfighter d'élite est arrivé et les a anéantis. Ils patrouillent l'espace aérien. La voie est libre.

Je fixai un ensemble de lumières que je pensais être Bantia.

— On pourrait repartir et dire aux pilotes de faire sauter cette porte.

— Négatif. C'est trop épais. Il nous faudrait des canons de cuirassés pour passer à travers, Ulixes.

— Et il ne resterait rien, ajouta Bantia.

Je ne pensais pas que nous nous préoccupions du fait de savoir s'il restait quelque chose de cet endroit, mais je n'avais aucune idée du nombre de personnes à l'intérieur. Et s'ils avaient des enfants ici ?

— Compris.

Bantia sauta de trois niveaux et attrapa une poutre avec ses mains de Titan, se balançant pour se laisser tomber sur le niveau inférieur. Ulixes jura.

— Merde, Bantia, fais attention !

Elle se mit à rire.

— Suis-moi donc.

Ils s'envolèrent tous les deux comme des lucioles rebondissant dans l'obscurité. Je regardai Darius, puis levai les yeux. Plus haut. Et encore plus haut. Nous étions à peu près à distance égale entre le haut et le bas. Sauter vers le bas me paraissait soudain beaucoup plus facile que de grimper.

— Allons-y.

J'utilisai mes propulseurs pour m'aider, sautai et atterris sur la poutre au-dessus de moi.

— Attention, me dit Darius.

— Tu n'as pas dit à Bantia ou à Ulixes de faire attention, lui fis-je remarquer en sautant sur la poutre suivante.

— Je ne suis pas amoureux d'eux.

Merde. J'avais presque raté la poutre, je me rattrapai avec les griffes de mon pied droit alors que ma main droite ratait complètement sa prise.

Darius sauta sur la poutre que je venais de quitter.

Il était amoureux ? Vraiment ? Après un jour ? Et il me le disait maintenant ? Et pas quand il avait été profondément en moi. Pas quand j'haletais, que je m'agrippais à lui et que je criais son nom. Maintenant ?

S'il était amoureux ? Était-ce un véritable amour, honnête et sincère ? Comment serait-ce possible ? Mes parents m'avaient connue toute leur vie et se souvenaient à peine de moi pour m'envoyer une carte à Noël.

Je sautai à nouveau, dépassai l'endroit que je visais et m'accrochai à la poutre au-dessus de l'endroit qui avait été ma cible. Heureusement, les bras du Titan étaient beaucoup plus forts que les miens. Je me relevai et respirai lentement, profondément. Je pouvais le faire. Je n'étais pas déstabilisée et à bout de nerfs simplement parce que l'homme le plus sexy que j'avais jamais rencontré m'avait traitée comme une enfant sans défense, puis m'avait dit dans la foulée qu'il était amoureux de moi.

Ce pincement dans ma poitrine était-il de la colère ? De l'anxiété ? De la frustration ? De l'incrédulité ? De la douleur ? Je ne savais pas, et essayer de le découvrir me rendait fébrile et nuisait à ma concentration. Je voulais que Darius m'aime, je le voulais vraiment. Néanmoins, je ne pouvais tout simplement pas accepter le fait que cette émotion lui soit venue si facilement.

Même ma propre mère ne m'aimait pas. Elle me tolérait. M'utilisait pour donner l'impression d'être une bonne mère. Envoyée dans les meilleures écoles, les meilleures universités. Les meilleurs clubs. Le meilleur de tout. Et pas une seule fois elle n'avait assisté à un récital ou à une cérémonie de remise de prix. Peu importe à quel point j'avais insisté, elle s'en fichait. J'avais finalement compris le problème ; le problème venait de *moi*, on ne pouvait *pas* m'aimer.

Alors que les pieds d'Athéna étaient bien calés sur la poutre, je regardai en bas. Et encore plus bas. Je ne pouvais rien apercevoir dans l'obscurité, pas même les lumières de Bantia et d'Ulixes. J'avais l'impression de me tenir au-dessus d'un abîme qui pouvait m'avaler tout entière.

— Lily ? Est-ce que ça va ?

— Oui ça va. Essaie de ne pas perdre les autres.

Darius gloussa et je sentis mon pincement au cœur se relâcher un peu.

— Vega, comment est-ce possible, tu parles déjà comme Bantia.

Le fait d'être aussi forte, confiante et compétente que Bantia semblait l'être, me plaisait.

Je me déplaçai rapidement et atteignis le niveau supérieur de la structure, Darius arriva moins d'une minute après moi.

— Et maintenant ? demandai-je en regardant autour de moi... il n'y avait rien. De la pierre. Des poutres. Il n'y avait rien ici qui ressemblait à une quelconque unité de contrôle, aucun câblage ou source d'énergie. Juste des pierres et l'obscurité.

Darius se tenait à côté de moi dans son Titan, et nous

utilisions notre éclairage combiné pour élargir la zone visible. Mais je ne voyais toujours rien.

— Équipe numéro un ? Vous voyez quelque chose ? Nous sommes au sommet, et il n'y a rien ici.

— En attente. La voix d'Ulixes était éraillée, comme s'il était à bout de souffle.

Un gros boom retentit en bas, et la structure sur laquelle nous nous tenions vibra sous nos pieds, puis trembla, se déplaçant suffisamment pour que je doive utiliser mes griffes de Titan pour maintenir ma position.

— Nous sommes entrés, dit Bantia. Puis je n'entendis plus que des parasites. Les balises de localisation d'Ulixes et de Bantia disparurent de mes capteurs.

— Athéna ? Où est l'équipe numéro un ?

— Position inconnue. Nous avons perdu leur signal quand ils sont entrés dans le complexe.

— Merde. Je regardai en bas. Tout en bas.

— On devrait les suivre ?

Darius resta silencieux pendant quelques secondes. Les poutres bougèrent à nouveau sous nos pieds.

— Nous devons sortir d'ici. Ce truc va s'effondrer.

Comme si les poutres l'avaient entendu, une série de craquements retentit en dessous.

Darius se tourna vers le mur extérieur et tira une grenade qui ressemblait à un boulet de canon avec des griffes. Ces bras acérés pénétrèrent dans le mur à plusieurs mètres en dessous de nous et se collèrent comme du velcro.

— Abrite-toi ! venait de me crier Darius. Je me détournai de l'explosion, mais il n'y avait pas vraiment d'endroit où aller.

Le Titan de Darius se colla sur le dos de mon Titan alors que l'explosion ravageait l'espace clos.

— Bouclier en place, Lily. Gilet pare-balles complet. Maintenant.

Je n'étais pas prête à discuter. Apparemment, l'intelligence artificielle d'Athéna avait également décidé que c'était le meilleur plan d'action, car ma verrière était à nouveau entièrement entourée d'une armure de Titan et j'étais aveugle, à l'exception de mes capteurs.

Les poutres tremblèrent, s'effondrèrent d'environ un mètre et s'arrêtèrent à un angle bizarre. La structure n'allait pas tenir longtemps.

— Tourne-toi. Nous allons sauter vers le mur de blindage, nous laisser glisser pour descendre avec nos griffes et sortir par le trou que nous venons de faire. Compris ?

Je soupirai. Il avait raison et j'en étais consciente. Ça ne servait à rien de discuter avec lui. Je voulais aller chercher Bantia et Ulixes, mais on pouvait le faire plus facilement depuis le sol. Faire un nouveau trou dans la base et y pénétrer à nouveau ... maintenant que nous savions de quoi était faite cette foutue construction.

Je me tournai vers l'arrière des portes blindées et sautai en avant, me rattrapant avec mes griffes déployées qui pénétrèrent le métal. Après quelques ajustements et en pliant les doigts, je glissai le long du mur à un rythme régulier, mes griffes coupant le métal lourd comme du beurre.

S'il n'avait pas fait si sombre, j'aurais eu l'impression d'être un pirate avec un couteau, descendant le long d'une voile. Sauf que j'avais peut-être besoin d'une chemise blanche de pirate, d'un pantalon moulant en cuir noir, d'un joli bustier moulant et d'un perroquet sur mon épaule. Au moins *cela* aurait été une aventure.

Darius pourrait être le jeune homme sexy sur le point de mourir, attendant que j'intervienne pour le sauver.

Au lieu de cela, il plongerait probablement dans l'eau, se battrait contre quelques requins, et prendrait le contrôle du bateau.

Peut-être qu'ensuite il me baiserait contre le mât du bateau pendant une tempête. Avec les éclairs qui illumineraient le ciel. Avec les embruns sur son dos. Une voûte d'étoiles au-dessus de nos têtes. Nous deux, seuls et téméraires, prêts à dérober tous les trésors des pirates pour ensuite nous retirer sur une île tropicale où nous ferions l'amour dans un hamac, ou sur la plage—voire même sur la table—ou je me pencherais en avant contre un tabouret de bar, ivre, à cause de trop de piña coladas pendant qu'il me prendrait par derrière.

La lumière vive qui sortait de l'ouverture créée par la grenade lancée par Darius produisait comme une explosion de lumière dans mon casque. Athéna ajusta la luminosité immédiatement, mais je clignai encore des yeux et essayai de retrouver mes repères en balançant mes pieds à travers l'ouverture, puis roulai de façon à ce que mon torse de Titan soit face à l'extérieur de la porte. J'enfonçai mes griffes pour continuer à glisser en descendant sur toute la distance restante.

— Point de la situation, Athéna ? demandai-je.

— Pas de forces hostiles dans les environs.

Bien. Au moins je n'avais pas à m'inquiéter du fait qu'on prenne mon dos pour cible. J'aurais pu utiliser mes propulseurs pour m'envoler vers le bas, mais ne souhaitais pas gaspiller de l'énergie. Je pourrais en avoir besoin plus tard. Parce que tant que nous n'étions pas à l'intérieur de cet endroit, cette mission n'était pas terminée.

Je levai les yeux et vis que Darius effectuait une manœuvre identique à la mienne : il se faufila par l'ouverture, se retourna, s'accrocha à l'extérieur avec ses griffes. Puis il descendit le long du mur avec moi, en gardant le rythme jusqu'à ce que les pieds de nos Titans touchent la terre ferme.

— Athéna, peut-on faire un trou ici sans mettre en danger les autres ? demandai-je.

— Donnée inconnue.

Merde. Je voulais rentrer là-dedans, mais je ne voulais pas blesser Bantia ou Ulixes s'ils étaient directement de l'autre côté de l'explosion.

Face à la porte géante, je me tournai vers ma droite pour compter vingt pas.

À l'intérieur, l'équipe numéro un était partie sur ma gauche. En supposant qu'ils aient continué dans cette direction, ce côté-ci devrait être sûr.

— Où vas-tu ? demanda Darius.

— Suis-moi. Je lui fis signe, m'éloignai de la porte, levai le bras, et tirai ma plus grosse grenade sur la porte, à hauteur de poitrine. Je voulais faire le plus grand trou possible, et perdre la moitié de ma force d'explosion dans la roche sous la porte serait un gaspillage.

— Explosion dans le trou ! hurlai-je.

Le Titan de Darius me plaqua au sol alors qu'un panache géant de roches et de débris s'abattait sur nous du fait de l'explosion.

— Pourquoi tu as fait ça ? criai-je.

— Tu es dingue ! La voix de Darius semblait bizarre, tremblotante.

— Tu aurais dû me laisser faire.

— Pourquoi ? Parce que je suis une fille ?

Il émit une sorte de grognement, un bruit empreint de frustration.

— Parce que tu es à moi.

Deux équipes de Titans accoururent après nous avoir localisés puis disparurent dans l'ouverture que je venais de créer. Super. J'avais fait cette ouverture, et ils y pénétraient avant moi.

— Lâche-moi un peu.

—Tu ne disais pas ça la nuit dernière.

Oh mon Dieu, j'allais le tuer de mes propres mains.

— Lâche. Moi.

— Non. Nous avons fait notre travail. Les forces terrestres sont déjà en mouvement.

Je tournai ma tête de Titan pour voir qu'il disait la vérité. Des centaines de petites unités d'attaque fonçaient vers nous, armées jusqu'aux dents, des cris de guerre aux lèvres. Ils portaient des armures exactement comme celles que j'avais vues lorsque je jouais à ce que je croyais n'être qu'un jeu vidéo. Les statistiques sur l'armure étaient impressionnantes, et je savais qu'ils pouvaient encaisser des tirs. Plus d'un.

Comme s'ils nous avaient écoutés, la voix du général résonna dans mon casque.

— Repliez-vous, Titans. Surveillez le périmètre. Les forces terrestres sont déployées maintenant. Comme le général Romulus nous donnait un ordre direct, je n'osais pas lui désobéir. Pas pour ma première mission de Titan.

Pas quand j'étais si en colère contre mon binôme parfait et sexy qui me mettait hors de moi.

Je voulais lui sauter dessus et lui crier dessus. Et aussi

? Merde. J'avais juste envie de pleurer. J'étais une montagne russe émotionnelle, et je détestais le fait de me sentir comme ça.

Pourquoi Darius ne me faisait-il pas confiance ? Pourquoi pensait-il que je n'étais pas capable de prendre soin de moi-même ? Pourquoi est-ce que tout le monde me traitait comme si je ne savais pas ce que je faisais ? Comme si j'étais une catastrophe ambulante ? Une empotée ? Une idiote qui avait besoin de conseils et de soutien ? J'en avais assez d'être traitée comme si j'étais fragile.

C'était ça, l'amour ? La passion ? L'attention d'un homme ? Est-ce que c'était faire passer les besoins de l'autre avant les siens ? Je ne pensais pas que c'était cela, mais je n'avais jamais été amoureuse auparavant, alors je n'avais aucune idée de ce que j'étais censée ressentir.

Est-ce que Darius m'aimait vraiment ? Après si peu de temps passé ensemble ? C'était un alien, mais c'était quand même un homme. La plupart des hommes que je connaissais sur Terre, y compris mon propre père, n'aimaient pas la monogamie ou l'engagement en général. Pourquoi un alien serait-il différent ?

— Tu peux me lâcher, Darius. Je ne vais pas m'enfuir.

Lentement, comme s'il avait peur de faire sursauter un lapin effrayé, Darius écarta son Titan du mien et me tendit sa main gigantesque pour m'aider à me relever. Je la pris, non pas parce que je ne pouvais pas me lever toute seule, mais parce que j'étais trop fatiguée pour me battre contre lui. L'adrénaline qui avait parcouru mon corps avait disparu, me donnant l'impression que j'étais en train de me consumer et de ne laisser que des cendres dans mon propre esprit. Je ne comprenais rien de tout cela, et je détestais le fait de me sentir si incertaine... Je détestais le manque de confiance que je ressentais concernant ma place dans ce groupe de Titans ou avec Darius. J'avais pensé que je le connaissais, et puis on l'avait accueilli en parlant de son retour, comme s'il avait déjà été un Titan. Il me cachait des choses. Des secrets de taille.

Je connaissais ce genre de techniques, j'y avais joué toute ma vie, et je détestais ça.

Je détestais le fait que Darius plane au-dessus de moi comme un hélicoptère, faisant en sorte que j'aie l'impression de ne rien pouvoir faire par moi-même. Agissant comme si je devais avoir peur alors que ce n'était pas le cas.

Tout ceci était plus réel que ce que j'avais fait auparavant. Est-ce que j'aurais dû être effrayée ? Parce que dès que je m'étais glissée dans l'énorme structure d'Athéna, je m'étais sentie puissante. Forte. Nerveuse mais aussi impatiente. Est-ce que c'était mal ? Est-ce que c'était ce que Mia et Jamie avaient ressenti lors de leurs premières missions ? Bien sûr, je n'étais pas impatiente de tuer un être vivant, mais je n'étais pas non plus terrifiée à l'idée de mourir.

Peut-être que j'aurais dû l'être.

Ou peut-être que je devrais m'inquiéter davantage du fait de tomber amoureuse d'un alien qui n'avait pas l'intention de répondre de la même manière.

— Équipe sept, surveillez l'ouverture. Je ne veux aucune surprise en bas.

— Oui, Général. Darius se déplaça pour se tenir d'un côté de la zone d'explosion, et je mis mon dos près de la zone de l'autre côté.

Nous restâmes silencieux, scrutant le terrain à la recherche de chasseurs Scythe ennemis, d'attaques ennemies aléatoires. Mais, rien.

Puis un grondement nous parvint du sol.

— Qu'est-ce que c'était ? demandai-je.

— Je ne sais pas. Darius et moi nous accroupirent en position défensive, prêts à faire feu.

— Général, le sol vient de trembler.

— Bien reçu. Les capteurs du *Resolution* viennent de le détecter. Maintenez votre position.

— Nous maintenons notre position.

Je ne dis pas un mot, mais j'avais un mauvais pressentiment. Un très mauvais pressentiment.

Le grondement augmenta jusqu'à ce que le sol tremble comme pendant un tremblement de terre.

Quelques instants plus tard, Bantia fit irruption à travers le mur, les troupes terrestres courant à toute vitesse derrière elle. Elle se tenait dans l'ouverture, incitant les forces plus petites à accélérer.

— Dépêchez-vous ! Vite ! Vite !

— Qu'est-ce qui se passe ? demandai-je.

— C'est un piège. Ce putain de truc est complètement vide. Mais il y a assez d'explosifs là-dessous pour faire un cratère dans toute la zone. Partez d'ici, vite !

Je tendis la main derrière moi, enfonçai mes griffes dans la paroi métallique et tirai, élargissant l'ouverture petit à petit, soulagée de voir qu'il y avait assez de place pour que davantage des soldats puissent se faufiler à l'extérieur.

— Plus ! hurlai-je.

Darius fit de même et Bantia me rejoignit pour tirer sur le bouclier. Nous ne faisions pas grand-chose, mais si nous sauvions ne serait-ce qu'une poignée de vies, cela en vaudrait la peine.

— Où est Ulixes ? demanda Darius

Bantia répondit entre deux grognements alors que nous tirions ensemble.

— Il couvre les arrières, bien sûr. Comme d'habitude.

Il y avait de la frustration et de l'inquiétude dans sa voix, mais aussi de l'admiration. Et le fait qu'elle lui faisait confiance pour s'en sortir. C'était cela qui m'avait manqué dans l'attitude de Darius, d'autant plus qu'il s'était déjà emporté contre moi.

— Combien de temps avons-nous ? demandai-je.

— Je ne sais pas. Pas longtemps.

Les navettes faisaient des allers-retours au sol près de nous, planant juste assez bas pour que les troupes évacuées puissent sauter à bord. Dès qu'elles étaient pleines, elles s'envolaient, une autre attendant de prendre sa place.

Je perdis le compte des troupes qui sortaient du mur, courant à toute vitesse. Finalement, Ulixes apparut.

— C'est bon.

— Merci Vega, dit Bantia. Partons d'ici.

On se tourna tous ensemble, puis on se mit à courir vers la navette la plus proche, une navette assez grande pour contenir nos armatures de Titan. Darius courait derrière moi, mais je n'allais pas perdre mon énergie à lui crier de se dépêcher. Mon mauvais pressentiment était passé d'une légère anxiété à une véritable crise de panique. Nous devions partir d'ici. Maintenant.

La première explosion me fit tomber à genoux. L'onde de choc souleva mon Titan et me projeta contre la paroi de la falaise, à plus de vingt mètres de là.

Je me laissai glisser et m'affalai sur le sol rocheux. J'avais mal, mais tout semblait être intact.

Je levai les yeux au ciel et grimaçai, puis levai les bras pour protéger la poitrine de mon Titan alors que des morceaux de roche et de métal tordu tombaient du ciel pour m'enterrer vivante.

7

arius, cuirassé Resolution, unité médicale

— Où est-elle ? Laissez-moi la voir. Maintenant.

Lily. Mon binôme avait été blessée, et elle était ici. Quelque part.

— Elle est en chirurgie, monsieur. Vous devez vous calmer et vous asseoir. La voix apaisante de la technicienne médicale avait l'effet inverse sur moi. Je n'arrivais plus à gérer. Pas une nouvelle fois.

— Donnez-moi une putain de combinaison stérile. Je me fous de ce que je dois faire. Il faut que j'aille la voir.

Le grand officier médical fronça les sourcils, il était manifestement à bout de patience.

— Vous avez vous-même besoin de soins médicaux, Starfighter. Vous êtes couvert de sueur et de poussière, vous avez du sang sur le visage, et vous ne ferez rien d'autre qu'effrayer l'équipe médicale. Alors ramenez votre cul ici dans cette pièce. Il désignait une salle de soins médicaux à quelques pas de là, marquée du chiffre quatre.

— Mettez-vous sur la table d'examen et fermez-là avant que j'appelle la sécurité.

Eh bien, c'était un cuirassé, pas un hôpital civil. Et cet officier médical n'était pas un idiot de bas étage mais un capitaine. Probablement un médecin parfaitement formé en plus d'être un soldat. Il n'allait pas céder.

Plus vite je m'occuperais de mes propres blessures, plus vite je pourrais rejoindre Lily.

J'entrai dans la salle d'examen, et la porte se referma derrière nous, la surface réfléchissante s'activant pour nous donner de l'intimité pendant qu'il effectuait un scan médical.

— Deux côtes cassées. Brûlures au second degré sur le cou et sur la main gauche. Quelques hématomes. Rien de trop sérieux. Il prononça ces paroles rassurantes alors même qu'il injectait un traitement au niveau de la zone brûlée sur le côté de mon cou. D'un mouvement rapide de la main, il activa l'injection. Le médicament s'infiltra dans mon organisme. Ça brûlait comme de l'acide, mais je ne dis pas un mot.

— Cela devrait permettre d'éliminer les bleus résiduels et d'accélérer la guérison des brûlures. Je vais recommander que vous ne travailliez pas pendant les deux prochains jours.

— On a fini ?

Lily. Je devais aller voir Lily.

— Pas tout à fait. Une deuxième injection suivit, cette fois sur mes côtes cassées. La douleur que je ressentais depuis une heure s'estompa immédiatement, mais fut rapidement remplacée par une douleur aiguë et lancinante qui dura plusieurs minutes. Quand ce fut fini, il passa à nouveau le scanner sur mes côtes.

— Excellent. Vos os sont sains. Les fractures sont guéries.

— Super. Mon front était couvert de sueur. J'avais déjà fait réparer des os, mais la douleur intense faisait qu'on ne s'y habituait pas.

— Oui. Je suis prêt à vous laisser sortir. Cependant, vous ne serez pas autorisé à vous approcher de votre binôme dans votre état actuel.

— Quel état ?

— Vous êtes crasseux. Allez-vous nettoyer, Starfighter. Je me fiche de savoir à quel point elle est amoureuse de vous ; elle ne voudra sûrement pas vous toucher tant que vous n'aurez pas pris de douche.

Je me levai, marchai et aperçus mon reflet dans la grande porte coulissante. En effet, je n'étais pas beau à voir. Mes cheveux étaient hérissés et sales. Ma peau était striée de lignes plus pâles où la sueur avait créé une carte à travers la poussière sur mon visage. Je sentais probablement aussi mauvais que j'en avais l'air.

Maudit soit Véga et toutes les autres étoiles. Il avait raison. Je ne pouvais pas aller voir Lily dans cet état.

J'agitai ma main devant le scanner de la porte, attendis avec impatience et me faufilai à l'extérieur avant même qu'elle ne s'ouvre à moitié.

— Ne me remerciez surtout pas ! La voix de l'officier médical se propagea jusque dans le couloir, mais il riait. En fait, je serais probablement la risée de tout le cuirassé dans les prochaines heures. Les hommes aimaient plus que tout se moquer de ceux qui étaient amoureux.

Et je n'étais pas seulement amoureux. J'étais obsédé. Possessif. Protecteur. Je voulais enfermer Lily dans notre chambre et ne jamais la laisser sortir. La garder nue, satisfaite et en sécurité.

Si elle me le permettait. Ce qui, au vu de ses réactions lors de la dernière mission, allait être difficile à lui faire comprendre. Même si je ne pouvais pas empêcher une autre Starfighter de se battre, je pouvais la protéger. Passer en premier dans les situations les plus dangereuses. Faire tout ce qui était en mon pouvoir pour la garder hors de la ligne de mire.

Qu'elle le veuille ou non.

Je n'allais pas perdre une autre personne que j'aimais sur le champ de bataille. Plus jamais. Et si cela mettait Lily en colère, qu'il en soit ainsi. Je pouvais gérer la colère de ma femme. En fait, j'allais lui donner tellement de plaisir, elle allait tellement être amoureuse de moi qu'elle accepterait mes fautes, mon besoin de tout faire pour qu'elle soit en sécurité. Chaque fois qu'elle était en colère, je l'apaiserais avec du plaisir.

À partir de maintenant.

―――

Lily, unité médicale, récupération chirurgicale

L'ANESTHÉSIE se dissipa comme si quelqu'un venait de claquer des doigts. Seulement quelques secondes auparavant, j'avais été inconsciente, maintenant j'étais complètement réveillée dans une sorte de lit d'hôpital. Je décidai de faire le point sur ma situation, bougeai petit à petit, pour tester les choses. Ma jambe était douloureuse, et j'avais un léger mal de tête, mais c'était supportable.

Je me redressai, décidée à découvrir ce qui m'était arrivé.

Je me souvenais que j'avais été enterrée dans Athéna, que des tonnes de roches s'étaient empilées sur mon Titan, toutes les alarmes et tous les capteurs m'avaient signalé que nous étions en danger. La voix de Darius qui criait mon nom. De longues minutes d'obscurité où j'avais été complètement seule.

Et la douleur. Une douleur aveuglante et étourdissante.

Dans ma jambe.

En soulevant le drap qui me recouvrait, je regardai la jambe en question et fronçai les sourcils. Un bandage transparent recouvrait la moitié de ma cuisse. Pas de points de suture. Pas de sang. Juste un bandage étrangement large et collant au travers duquel je pouvais voir ma peau. Elle n'avait pas l'air mal en point. J'avais peut-être rêvé.

Je remuai les orteils. Fléchis mon pied. Pliai mon genou. Essayai de lever ma jambe.

— Merde ! *Là*, ça me faisait mal.

— Ne bougez pas encore. L'os n'est pas complètement ressoudé et ne le sera pas avant plusieurs heures. Une doctoresse, une infirmière ou une aide-soignante, je ne savais pas quel était son rôle exact, se déplaçait au pied de mon lit avec une sorte de scanner et lisait des données que je ne pouvais pas voir.

— Plusieurs heures ?

Elle leva les yeux, et je fus frappée par la luminosité de ses yeux gris clair.

— Oui, le fémur est un très grand os dans l'anatomie humaine, et le vôtre a été cassé en trois endroits.

— Trois endroits ? J'avais l'impression d'être une idiote à répéter tout ce qu'elle disait, mais j'essayais de comprendre comment un os cassé pouvait guérir en quelques heures seulement.

— Oui. Vous avez mal ?

Je réfléchis un moment.

— Seulement quand j'essaie de bouger la jambe.

— Excellent. Cela va s'améliorer au fur et à mesure que l'os continue de se ressouder. D'ici demain matin, vous devriez être complètement guérie.

— Comment est-ce possible ?

— Nous avons chirurgicalement implanté des ostéo-bots le long des cassures. Ils vont reconstruire votre os. Elle me tapota la cheville. Ne vous inquiétez pas, la diaphyse sera plus forte qu'avant.

— La quoi ?

— La partie longue de votre os. Au milieu.

Elle *essayait* de me faire passer pour une imbécile ?

— Normalement, on aurait simplement fait une injection, mais vos fragments osseux nécessitaient aussi un réalignement.

Des fragments ? C'était dégoûtant. J'imaginais soudain un chirurgien avec un couteau et une pince essayant de déplacer des morceaux de mon fémur. Pas très cool. Cette conversation me rendait malade.

Ne pose pas la question.

Ne la pose pas, bon sang...

— Où est Darius ?

Merde. Imbécile. Il n'était pas ici. C'était un fait. Il était donc ailleurs. Il était peut-être blessé.

— Il a semé la zizanie après son traitement. Je ne sais pas où il est maintenant.

— La zizanie ? Quel genre de traitement ? Était-il blessé ?

Elle soupira, mais ça semblait plus être dû à la fatigue qu'autre chose, alors j'en fis abstraction.

— Voyons voir. Le Starfighter d'élite Darius. Ah oui, le voilà. Elle fit défiler des données comme j'aurais fait défiler le contenu des réseaux sociaux sur mon téléphone, elle marqua une pause pour lire, puis bougea à nouveau les doigts.

— Deux côtes cassées. Des ecchymoses. Quelques brûlures mineures. Il a été traité et autorisé à sortir. Rien de grave.

Le soulagement m'envahit et j'essayai de m'accrocher à la colère que j'avais ressenti précédemment, pendant la mission, mais elle semblait s'écouler de moi, comme si quelqu'un avait débouché une baignoire pleine d'eau. Elle avait totalement disparu.

— Comment est-ce que je peux le contacter ?

Elle sourit.

— Je vais lancer un appel dans tout le vaisseau. En attendant—son sourire était contagieux—vous avez d'autres visiteurs. Si vous vous en sentez capable ?

— Qui est-ce ?

La porte s'ouvrit, et deux personnes que j'avais cru que je ne rencontrerais jamais, jamais de toute ma vie, entrèrent dans la pièce comme si elles étaient chez elles.

— Lily !

L'infirmière quitta la pièce alors que je les regardais, un énorme sourire se dessinant sur mon visage. Je les connaissais bien, avec leurs uniformes de Starfighter et leurs visages auxquels je m'étais attachée sur Terre.

— Jamie ? Mia ? Oh mon Dieu, qu'est-ce que vous faites ici ? Comment avez-vous su que j'étais ici ?

— Oh waouh, ton accent est encore plus mignon en vrai. Jamie tapa dans ses mains et s'approcha de mon côté gauche. Il faut que j'apprenne à parler avec un accent britannique.

— Je suis en poste ici. J'ai suivi ta mission au MCS. Mia leva les yeux au ciel en regardant Jamie, son fort accent allemand me faisait sourire encore plus que l'accent américain exubérant de Jamie.

— Jamie m'a rendue complètement chèvre. Depuis le moment où on a appris que tu venais, elle n'a pas arrêté pas de parler du moment où on allait se rencontrer toutes les trois.

— Non, pas se rencontrer, sortir en boîte. Danser. On doit se saouler, danser et rendre nos hommes dingues.

Mia gloussa.

— Une robe noire moulante et une rave feraient certainement perdre la tête à Kass.

Jamie souriait.

— Oh oui. Alex ne tiendrait pas une heure. Il me jetterait par-dessus son épaule et me ferait l'amour dans les toilettes.

Je faillis m'étouffer avec ma propre salive.

— Quoi ?

Jamie s'assit sur le côté de mon lit et me prit ma main.

— Ne me dis pas que Darius n'est pas super sexy et totalement amoureux de toi ?

— Il est super sexy sans aucun doute.

Mia qui était très intelligente et perspicace comprit ce que je ne disais pas.

— Il n'est pas amoureux de toi ? Comment est-ce possible ?

— Je ne sais pas. Mais il n'est pas amoureux, c'est clair.

— Est-ce que vous avez, tu sais, fait l'amour ? demanda Jamie.

— Oui.

— Et c'était bien ? me demanda Mia.

Je devais être rouge comme une tomate maintenant. Les dames n'étaient *pas* censées discuter de ce genre de choses.

— Je pense que oui.

— Tu n'es pas sûre ? Jamie, était si direct. Elle ne tournait pas autour du pot. Elle était exactement comme j'avais toujours imaginé les Américains. Je trouvai ça vraiment gênant et en même temps, j'aurais souhaité ne pas être aussi réservée. Je devais remercier ma maniaque de mère qui m'avait inculqué tout ça.

Mia m'observait, son regard était plus intense que je ne pouvais le supporter.

— Tu étais vierge.

— Mia !

Génial. Est-ce que j'avais le mot « vierge » était écrit à l'encre rouge sur mon front ?

Jamie se pencha en arrière en soupirant mais ne me lâcha pas la main.

— Oh, mon Dieu. Alors, il s'est occupé de toi ? C'était bien ? Tu en as bien profité ?

— Tu as joui ? me demanda Mia. Tu as eu un orgasme ?

C'était elle, maintenant, qui ne tournait plus autour du pot !

— Ou deux ? ajouta Jamie.

— Oui. C'était bien. Le sexe n'est pas le problème.

Jamie se trémoussa un peu pour s'asseoir encore plus près.

— Crache le morceau.

Mia jeta un coup d'œil par-dessus son épaule en direction de la porte fermée.

— Ces pièces sont insonorisées ?

Elle regarda Jamie, qui haussa les épaules, puis moi.

— Je n'en ai aucune idée, dis-je.

— Eh bien, baissons nos voix, d'accord ? Nos hommes sont juste dehors.

— Quoi ? soufflai-je, pas très heureuse d'entendre cette nouvelle. Nous étions en train de discuter de ma vie sexuelle alors que deux hommes alien que je ne connaissais pas se tenaient juste derrière la porte ?

Mia se rapprocha, tout comme Jamie, jusqu'à ce que j'aie l'impression d'être dans une mêlée de rugbymen, nos fronts se touchaient presque.

— Alors, qu'est-ce qui se passe entre toi et Darius ?

— Et comment est-ce qu'on peut t'aider ? me demanda Jamie.

Je serrai leurs mains à toutes les deux.

— Vous m'aidez déjà. C'est tellement merveilleux de vous rencontrer tous les deux en personne. Je n'arrive pas à croire que nous sommes sur une autre planète.

— Oui, et chez nous, tout le monde pense encore que la *Starfighter Training Academy* n'est qu'un jeu.

— À votre avis, combien de personnes jouent en ce moment ? À cet instant précis ? demanda Mia

— Des dizaines de milliers je suppose, dis-je.

Jamie soupira.

— Eh bien, j'aimerais qu'ils se dépêchent de battre le jeu. Nous avons besoin d'eux. Cette guerre n'est pas bien partie, au cas où tu ne l'aurais pas remarqué.

Elle lança un regard en direction du bandage sur ma jambe, elle n'était toujours pas recouverte depuis que j'avais déplacé le drap.

— Enfin, je dis n'importe quoi, bien sûr que tu es au courant.

La guerre était mal partie ? Qu'est-ce que ça voulait dire ?

— Ne parlons pas de la guerre, insista Mia. Parle-nous de Darius. Quel est le problème ?

— Je ne sais pas. Le sexe était génial. Puis, nous sommes allés à notre premier briefing de mission, et j'ai découvert qu'il avait déjà été Titan... avec un partenaire différent.

— Avec qui ? Une femme ? Est-il marié avec quelqu'un d'autre ?

— Est-ce qu'elle est morte ?

— Je ne sais pas. Il n'a pas dit un mot à ce sujet, et je n'ai pas eu le temps de demander.

Jamie fit une grimace d'empathie.

— Eh bien, si elle est morte, je peux comprendre qu'il ne veuille pas en parler. C'est peut-être trop douloureux.

Exactement.

— C'est pour ça que je ne pense pas qu'il soit amoureux de moi. Le sexe est bien, mais il y a quelque chose qui manque, vous voyez ce que je veux dire ? Il ne me parle pas. Il n'est pas honnête. Il a des secrets. Et pire que ça...

Je m'arrêtai brutalement, mais Mia insista :

— Pire que ça, quoi ?

— Il était complètement dingue lors de notre dernière mission. Il m'a poussée sur le côté, m'a ordonné de l'attendre au lieu de faire mon travail. Il m'a traitée comme si je n'avais aucune compétence et aucune idée de ce que je faisais.

— Tu es une Starfighter d'élite. Tu sais très bien ce que tu fais. Jamie prenait ma défense.

Mia, elle, devint pensive.

— Tu devrais peut-être lui donner une chance. S'il a perdu son binôme au combat, il a peut-être peur que cela se reproduise. Peut-être qu'il a peur de te perdre, toi aussi.

— Peut-être.

Cette idée valait la peine d'être considérée, mais même cela n'excuserait pas le fait de ne pas me parler de son passé. J'avais eu l'impression d'être une idiote dans cette salle de briefing, tout le monde connaissait son histoire sauf moi. Moi ! Alors que j'étais censée être celle qu'il aimait, son binôme, celle avec qui il partageait tout et en qui il aurait dû avoir le plus confiance. Sa foutue femme, pour l'amour de Dieu. Ou ce qui se rapprochait le plus d'une épouse pour les Vélérions.

L'infirmière revint dans la chambre avec un grand sourire aux lèvres, le même sourire que j'avais vu sur les visages des infirmières sur Terre. Le sourire du « je suis là et c'est l'heure que tout le monde parte. »

— On va vous nettoyer, Lily.

Je jetai un coup d'œil à mes mains, serrées de part et d'autre dans celles de mes amies, et remarquai qu'elles étaient couvertes de terre.

— Je suppose que j'ai vraiment besoin d'un bain.

Jamie se mit à rigoler.

— Je ne voulais pas te le dire, mais tu pues, ma chérie.

— Merci beaucoup !

— Nous reviendrons te voir demain. Le général Romulus m'a promis qu'on vous donnerait un logement de fonction à bord du vaisseau ainsi qu'un jour ou deux de repos pour guérir correctement.

— L'infirmière a dit que je serais complètement guérie d'ici demain matin.

Jamie me tapa sur l'épaule et je ressentis de la douleur.

— Lily, prends un jour de congé. Fais-moi confiance. En parlant de ça... Elle jeta un coup d'œil à un écran sur son avant-bras. On nous attend pour une patrouille chez la reine des salopes dans une demi-heure.

— Qui ? demandai-je.

Jamie se leva et me serra doucement dans ses bras.

— Tu as entendu parler de la reine Raya et de ses missiles destructeurs de planètes ?

— Oui.

— Eh bien, je dois patrouiller pour éliminer les missiles, pour sauver la galaxie, on explose les missiles un par un.

— Que se passe-t-il si tu en rates un ?

Mia et Jamie se figèrent, et ce fut Mia qui parla.

— Ce ne serait pas cool mais ça n'arrivera pas. Pas sous ma surveillance.

Jamie clarifia.

— Mia les trouve et je les détruis. La plupart du temps, c'est comme ça. Parfois je les trouve en premier, mais c'est rare. Je n'ai qu'un petit vaisseau, et Mia a une véritable armée de satellites, de drones et de scanners.

— Mes serviteurs sont très bien entraînés, reconnut Mia.

— Ce sont des ordinateurs.

— Des ordinateurs très bien entraînés.

Elles se dirigèrent vers la porte mais se retournèrent pour faire un signe de la main.

— Guéris vite ! ordonna Jamie.

— Donne-lui du temps. Les mots de Mia ressemblaient à un ordre.

— Je vais essayer.

La porte s'ouvrit et j'entrevis deux hommes que je reconnus grâce à leurs avatars dans jeu, Kassius et Alexius. Les extraterrestres sexy sur lesquels on s'était toutes extasiées à chaque fois qu'on jouait.

Le seul qui manquait était le mien.

— On va vous préparer pour la prochaine série de visiteurs. La fausse joie et le clin d'œil de l'infirmière étaient très gentils mais inutiles avec moi. Peut-être que ce n'était pas de la fausse joie, mais je ne la connaissais pas. Elle ne me connaissait pas. Je ne faisais pas confiance aux autres facilement. Et quand je mis du poids sur ma jambe, je me sentis tout sauf joyeuse.

— C'est possible de ne pas parler ? Je suis désolée, mais je suis fatiguée, ma jambe me fait mal, et je n'ai pas envie de dire grand-chose.

— Pas de soucis.

Joyeuse ou pas, elle était gentille. C'était très agréable. Ensuite, elle m'aida à avancer, pas à pas, vers ce qui semblait être une douche avec un siège au centre.

Dieu merci, parce que j'aurais été totalement incapable de rester debout assez longtemps pour prendre une douche.

Je n'entendis pas la porte quand elle s'ouvrit. L'infirmière se retourna, alarmée, puis sourit.

— Starfighter Darius, je me demandais quand vous alliez faire votre apparition.

— C'est maintenant. Et je vais m'occuper d'elle.

— Bien sûr. L'infirmière sourit et hocha la tête sans la moindre protestation. L'instant d'après, j'étais dans les bras de Darius, bercée contre sa poitrine comme un bébé. Je portais une version extraterrestre d'une blouse d'hôpital, qui, comme la plupart des vêtements d'hôpital, ne couvrait pas grand-chose.

Darius s'arrêta près du lit, tira sur la couverture pour me couvrir puis me prit dans ses bras aussi doucement que possible.

— Qu'est-ce que tu fais ? Je suis censée prendre une douche.

— Je vais m'occuper de toi dans notre logement de fonction, Lily. Je suis là maintenant, et rien ne te fera souffrir ce soir.

Sauf toi, pensai-je, mais je posai la tête contre son épaule et ne dis rien de plus pendant qu'il me portait.

8

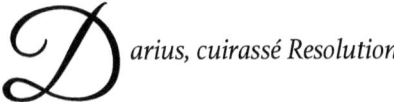

arius, cuirassé Resolution

La douleur, la culpabilité d'avoir laissé tomber mon frère et la culpabilité que je ressentais par rapport à sa mort, n'étaient rien comparées à l'idée de la perdre. Elle était ma vie. Mon binôme. *À moi.*

Je tenais Lily contre ma poitrine et me dépêchais de rejoindre notre appartement privé. J'évitais le contact visuel avec tous ceux que nous croisions sur le cuirassé, ne voulant pas m'arrêter pour parler. Présenter la nouvelle Starfighter d'élite venue de la Terre. Elle était une célébrité. Je le savais, c'était logique. Le succès des deux précédentes Terriennes avait fait que l'arrivée de Lily avait été très attendue par tous les Vélérions. Tout le monde voulait la voir de plus près. La rencontrer. Qu'elle devienne leur amie.

Le cinquième officier qui me salua me fit grincer des

dents et prendre une route moins fréquentée sur le grand vaisseau.

Je n'avais aucune patience avec les autres. L'équipe médicale m'avait fait attendre. Le général Romulus m'avait fait attendre. Lily était dans mes bras, et je n'allais pas m'arrêter avant de l'avoir confortablement installée dans mon lit.

J'avais besoin de savoir, de sentir que Lily était en sécurité, en un seul morceau et en vie. Sentir son cœur battre à côté du mien, la tenir, la toucher—et bientôt, être profondément enfoui en elle—serait le seul moyen de convaincre la partie complètement illogique de moi-même que tout allait bien.

Mes émotions étaient devenues incontrôlables. J'avais vraiment l'impression d'être la bête Atlan dans l'un des livres érotiques de Lily. Je m'étais secrètement moqué du manque de discipline du personnage de la bête, de son incapacité à maîtriser le besoin physique et émotionnel qu'il avait pour sa compagne.

Maintenant, qui se comportait comme un animal sauvage, devait faire un effort pour parler, pour penser ? Pour essayer de maintenir une façade de civilité et ne pas effrayer la femme que j'avais si désespérément besoin de protéger ?

Je regardai Lily. Ses longs cheveux s'étaient échappés en partie de leur tresse et formaient maintenant un enchevêtrement sauvage et indiscipliné qui encadrait son visage. La couverture dans laquelle je l'avais enveloppée ne suffisait pas à la tenir au chaud alors que je marchais dans le cuirassé vers notre logement de fonction temporaire. Elle frissonna et je la rapprochai davantage de moi, la serrai encore plus contre ma poitrine.

Elle haleta de douleur.

— Bon sang Vega, je suis désolé. Je ne voulais pas te blesser.

— Je sais. Ce n'est pas grave.

— Non. J'aurais dû être plus prudent.

— Personne n'est parfait, Darius. Je vais bien. En fait, je n'arrive pas à croire que tu me portes. Je suis trop lourde pour ça. Vous n'avez pas de fauteuils roulants ou un truc dans le genre ?

Nous avions, en fait, des chaises mobiles qui étaient très efficaces.

— Je veux te tenir. J'ai besoin de te sentir.

Je regardai droit devant moi, en souhaitant de toutes mes forces que mon cœur se calme, qu'il arrête de ressentir cette peur. Elle était dans mes bras. En sécurité.

Avec un soupir que je pris pour une forme de capitulation, elle posa sa tête sur mon épaule et ne tenta plus de protester. Lorsqu'on arriva dans la zone du cuirassé où étaient logées les équipes de Titans qui avaient combattu aujourd'hui, Bantia et Ulixes nous attendaient debout devant notre porte.

— Comment va-t-elle ? demanda Bantia.

— Elle va bien, répondit Lily. Et je suis juste là. Mes oreilles fonctionnent très bien.

Bantia se mit à rire, son soulagement se lut sur son visage.

— Merci Vega. Je ne sais pas ce que Darius aurait fait si...

— Ne parlez pas de ça, ordonnai-je avant qu'elle ne puisse terminer. Je n'avais pas besoin d'entendre mes craintes exprimées à haute voix par un autre. Partager mes pensées les plus sombres amplifierait encore davantage mon instinct de protection envers Lily. Je combattais déjà le besoin d'enfermer la femme à qui j'étais lié, de la mettre dans une pièce et de la garder là, loin des batailles, des tirs de canons et des explosions de roches qui l'avaient ensevelie vivante.

Ulixes inclina la tête en direction de ma femme.

— Nous sommes soulagés de voir que tu vas bien.

— Merci.

Il me regarda, nos regards restèrent fixés l'un sur l'autre alors qu'il parlait.

— Le général Romulus a ordonné à toutes les équipes Titans de se présenter demain, après le second repas. Ils ont passé au peigne fin la mission d'aujourd'hui et ont des équipes qui parcourent ce qu'il reste de la base. Il nous fera un rapport, et nous donnera peut-être une nouvelle mission, demain.

— Nous n'irons pas.

Lily se raidit dans mes bras.

— Si, nous irons. Le docteur—ou l'infirmière—je ne sais plus, a dit que les robots de croissance osseuse auraient remis ma jambe à neuf demain matin.

— Non. Tu as besoin de plus d'une nuit pour guérir.

Elle leva les yeux vers Ulixes

— Selon le docteur, ce n'est pas le cas. On sera là.

— J'ai dit non.

La voix de Lily devint plus aigüe, et elle ajouta en articulant chaque syllabe :

— Je serai là. Je ne peux pas dire si Darius de Vélérion viendra. Il prévoit peut-être de prendre sa retraite.

Bantia se couvrit la bouche, mais je pouvais voir son rire dans ses yeux. Ça ne m'amusait pas.

— Lily, nous allons discuter de ça en privé.

— Non, je ne crois pas.

Ulixes se racla la gorge et passa le bras autour de la femme à laquelle il était liée, la guidant doucement vers ce que je supposais être leur logement de fonction temporaire et ils s'éloignèrent de nous.

— On se voit demain, dit Bantia par-dessus son épaule.

Lily inspira pour répondre, mais je baissai mon visage vers le sien et l'embrassai pour qu'elle ne puisse pas répondre. Quand je la laissai à nouveau respirer, Bantia et Ulixes n'étaient plus là.

— Ce n'était pas juste.

— Quand il s'agit de toi, mon binôme, je n'ai pas l'intention d'être juste.

Son silence me convenait alors que je la transportais dans le logement sommaire des combattants. Il y avait une unité de bain, des uniformes propres disposés pour chacun de nous, deux repas, de l'eau potable et des barres nutritives sur une table pas plus grande qu'un des oreillers qui était posé sur le lit. Je pouvais m'occuper de ma femme, la laver, la nourrir et m'assurer qu'elle se reposait dans mes bras.

Je n'avais besoin de rien d'autre. Pas ce soir.

Je la portai jusqu'à la table, l'installai sur la chaise. Puis je tirai la nourriture vers elle et ouvris tout.

— Tu vas manger. Tout ça.

— Tu es très autoritaire.

Cela me fit glousser, mais seulement parce que Lily prenait déjà une bouchée de la barre nutritive que j'avais placée dans sa main.

— Miam. Ça a presque le goût de la pastèque.

Je choisis un autre parfum et mangeai tout en deux

bouchées, gardant l'autre barre du même parfum pour elle.

— Bois. La cartouche d'eau que j'avais posée devant elle était pleine et remplie de minéraux et d'acides aminés thérapeutiques dont le médecin m'avait assuré qu'elle aurait besoin pour retrouver toute sa force.

Elle but une gorgée, puis la reposa.

— C'est trop froid.

Je soulevai la cartouche, ajustai le réglage de la température et le lui rendis.

— Goûtes-y maintenant.

Les sourcils froncés, elle porta la petite ouverture à ses lèvres et aspira plus d'eau dans sa bouche.

— Comment as-tu fait ça ? C'est à température ambiante maintenant.

En lui montrant comment ajuster l'eau à son goût, je déballai plus de nourriture et la plaçai devant elle, un sentiment de satisfaction intense soulevait ma poitrine alors qu'elle dévorait la nourriture comme si elle était affamée.

C'était étrange. J'aimais prendre soin d'elle. La voir satisfaite. Repue, que ce soit au lit grâce à des orgasmes intenses ou par le simple fait de boire de l'eau fraîche.

Je ne m'étais jamais comporté ainsi auparavant, et je n'avais aucune idée de comment m'arrêter ou contrôler ce sentiment intense.

Quand elle eut assez mangé, je la soulevai et la portai jusqu'à l'unité de bain. Il n'y avait pas de baignoire pour s'allonger, mais je sortis un petit siège de son emplacement dans le mur et l'installai dessus. La tunique médicale fut facile à enlever, et je réglai le jet d'eau pour la réchauffer. Elle se pencha en arrière en poussant un gémissement. Je sortis, me déshabillai, et la rejoignis.

Elle fronça les sourcils.

— Qu'est-ce que tu fais ?

Je ne savais pas exactement ; je savais seulement que j'avais besoin qu'elle soit près de moi. J'avais besoin de l'apaiser, de prendre soin d'elle, de lui enlever sa douleur.

Sa peau douce était couverte d'une couche de sueur et de poussière. Elle avait traversé tant d'épreuves, et pourtant, elle me semblait encore plus belle que la première fois que je l'avais vue.

Je m'agenouillai à ses pieds et frottai lentement et doucement pour nettoyer son corps. Quand je me levai et attrapai ses cheveux, elle se laissa aller entre mes mains, et je pris mon temps pour dérouler ce qui restait de sa tresse et faire pénétrer le produit nettoyant dans ses longues mèches.

— Mon Dieu, oui, murmura-t-elle. Tu as le job.

Incapable de me détourner, de cligner des yeux, je l'observai, hypnotisé par ses lèvres, la courbe de sa joue, son visage si délicat. C'était la vraie Lily. Ma Lily. Douce. Soumise. Adorable.

La combattante féroce et provocante qui m'avait rendu à moitié fou sur le champ de bataille avait disparu, remplacée par cette déesse délicate et sereine.

J'avais fait tout ce qui était en mon pouvoir pour empêcher mon corps de réagir face à elle, mais lorsqu'elle se laissa aller, tous les instincts protecteurs, féroces et impitoyables en moi voulurent la marquer. La revendiquer. La punir pour chaque seconde terrifiante que j'avais passé à la sortir des décombres. En craignant qu'elle soit morte. En oubliant de respirer. Chaque cellule de mon corps avait été remplie de culpabilité et de douleur à l'idée de la perdre.

Ce besoin de la marquer envahit mon esprit et je sentis mon corps se durcir de désir. Je fermai les yeux et me mis à imaginer que je la prenais ici, maintenant, avec ses mains sur le petit siège, ses fesses dans mes mains pendant que je la pilonnais par derrière.

— Eh bien, c'est intéressant.

Je baissai les yeux et vis que son regard était fixé sur ma bite en érection.

— Ignore-la. Tu n'es pas prête.

— Ah bon ? C'est ce que tu penses ? Elle leva une main, s'approcha de moi, enroula ses doigts autour de ma queue et la serra jusqu'à ce que mes genoux se plient presque sous moi.

— Lily, tu ne devrais pas...

— Tu es si sérieux, Darius. Si autoritaire. Elle passa son pouce le long de mon gland, et un frisson me parcourut tout entier. Tu es tendu. Je le sens. Laisse-moi m'occuper de toi.

— Je m'occupe de...

Sa bouche se referma sur ma queue, et elle me prit profondément. La sensation de chaleur fit remonter mes couilles, je luttais entre la douleur et la jouissance instantanée. Quand elle fit tournoyer sa langue autour du bout de ma queue et utilisa une de ses petites mains chaudes pour me caresser les couilles, je ne pus me retenir.

J'explosai, lâchai prise, je ne pouvais pas m'arrêter. Je ne voulais pas m'arrêter de pénétrer sa bouche, de tout lui donner.

Cette jouissance venait d'être dévastatrice, toutes ces émotions m'avaient enflammé le visage, mes yeux me brûlaient. Elle m'avait anéanti en quelques secondes, avait mis un terme à mon self-contrôle.

— Pourquoi ? Pourquoi as-tu fait ça ? Je suis censé prendre soin de toi.

Je tombai à genoux devant elle, prêt à lui donner du plaisir à mon tour, mais elle posa une main sur ma joue et secoua la tête.

— Je suis trop fatiguée, Darius. J'ai mal partout. Je veux juste aller me coucher.

Je ne voulais pas, peut-être même que je ne pouvais pas lui refuser quoi que ce soit, je lui rinçai donc les cheveux et éteignis l'eau. Je la séchai doucement, puis la laissai quelques instants pour ses besoins personnels pendant que je me séchais moi-même, installais la couette moelleuse et secouais son oreiller. Je me sentais complètement hors de mon élément jusqu'à ce que la porte s'ouvre et qu'elle soit là, la silhouette de son corps était parfaitement mise en valeur par la lumière venant de derrière elle. Elle avait des courbes partout. Elle était douce. Mienne.

Elle était à moi. Si je devais lui donner à manger, la laver et l'emmener au lit, je le ferais. Chaque jour.

Je me rapprochai d'elle aussitôt et passai un bras autour de sa taille pour pouvoir la conduire jusqu'au lit. Dès qu'elle fut installée, je m'allongeai à côté d'elle, l'attirai dans mes bras et plaçai doucement sa jambe blessée sur la mienne. Je ressentis un pincement au cœur quand elle poussa un doux soupir de plaisir.

— Oh, tu es tellement chaud.

Elle se blottit contre moi et je nous recouvris avec la couette toute douce. Ses yeux étaient déjà fermés lorsque je donnai l'ordre qui plongea la pièce dans l'obscurité.

Lily dormit pendant des heures. Je la tenais dans mes bras et repensais à chaque instant de la mission catastrophique de la journée, déterminé à ce que la prochaine fois, peu importe ce que je devais faire, je *veillerais* sur elle.

Même si elle devait me détester pour ça.

9

ily

Ce serait facile de s'habituer à ça. Un lit douillet. Des draps encore plus doux. Darius enroulé autour de moi, son bras passé autour de ma taille, sa poitrine contre mon dos. Je ne m'étais jamais sentie aussi en sécurité, aussi détendue. Je n'avais pas envie de bouger. Jamais.

— Comment va ta jambe ? Darius m'embrassa sur la nuque mais ne bougea pas le reste du corps.

Ma jambe. J'avais complètement oublié.

Avec crainte au début, puis avec de plus en plus d'assurance, je n'avais pas envie de pleurer de douleur, je commençai à bouger la jambe. Mes muscles étaient douloureux, comme si j'avais fait un peu trop de squats la veille, mais sinon je me sentais bien. La profonde agonie, la souffrance que j'avais ressentie, enfouie sous ce rocher, avait disparu. N'était plus qu'un souvenir.

Je ne voulais pas m'appesantir dessus, et encore moins le revivre, maintenant que ma jambe était guérie.

— Le docteur avait raison. La douleur a disparu. Je suppose que l'os doit être guéri.

Darius déplaça sa main de ma taille vers ma cuisse et explora le bandage tout fin qui couvrait encore l'endroit où avait eu lieu la chirurgie et massa légèrement le muscle. J'avais l'impression de fondre. Comme une flaque de cire chaude pouvait le faire.

— Ça fait du bien.

— Vraiment ? Il continua à déplacer sa main chaude de haut en bas sur ma cuisse, massant et pressant le muscle, s'assurant que cela me plaisait toujours. Lorsque je soupirai et roulai sur le dos pour être face à lui, je me rendis compte que la pièce était trop sombre pour distinguer l'expression de son visage.

— Quelle heure est-il ? demandai-je. Comment pouvait-on savoir l'heure qu'il était dans l'espace ? Pire encore, sur un vaisseau dans l'espace. Pas de lever de soleil. Pas de coucher de soleil. Pas d'oiseaux qui chantaient ou d'insectes qui faisaient du bruit. Pas de voitures ni de klaxons. Notre chambre était sombre et silencieuse, à l'exception d'un léger bourdonnement qui semblait provenir des murs eux-mêmes, du sol lui-même. Je supposai que cela devait venir de quelque chose de mécanique sur le vaisseau. Des moteurs ? Des pompes à eau ? Je n'en avais aucune idée.

— L'heure ?

Darius avait parlé fort, et le vaisseau répondit.

— Heure du vaisseau zéro neuf zéro sept.

— C'est le matin ?

Il me souriait.

— Oui, ma femme. Tu as faim ? Tu veux aller manger quelque chose ?

— Plus tard. Je levai la main vers son visage et cherchai ce que je voulais. Ses lèvres. Pour l'instant, je veux que tu m'embrasses.

Sa main se figea sur ma jambe.

— Je vais avoir envie de plus qu'un baiser.

— Moi aussi. J'avais envie de *lui*. Envie qu'il me touche. Qu'il soit en moi. De sentir sa peau chaude sur la mienne. Je voulais respirer son odeur, le goûter et me sentir vivante. Ressentir autre chose que la peur, la douleur et la faiblesse. Je ne voulais pas penser aux os cassés, aux batailles ou aux explosions.

Lorsque j'emmêlai mes doigts dans les cheveux de sa nuque et l'attirai vers moi dans le noir, il ne résista pas. Le choc de nos lèvres, de nos langues, fut une revendication endiablée.

Quelques instants plus tard, Darius me plaqua le dos contre le lit. Il arracha ses lèvres des miennes et m'embrassa la joue. Le cou. Plus bas. Quand il atteignit mes mamelons durcis, mon dos s'arqua sur le lit. Ils étaient si sensibles. Mon corps *vibrait.*

Il continua à descendre, ses lèvres effleurèrent mon clitoris, puis il m'embrassa doucement avant de passer à ma jambe blessée.

— Lumière, niveau quatre.

La pièce s'éclaira, et je fermai les yeux en signe de protestation.

— Hé !

— J'ai besoin de voir par moi-même.

Génial. J'étais nue, à découvert, et dus lutter contre l'envie de me couvrir quand Darius se pencha pour inspecter la zone où se trouvait le bandage sur ma cuisse.

J'étais à deux doigts de lui dire de laisser tomber, mais les mots se coincèrent dans ma gorge quand il se pencha et embrassa le centre du bandage.

— Qu'est-ce que tu fais ?

— Je prends soin de toi.

Il ferma les yeux et je détournai la tête. Cela me faisait mal de le regarder déposer baiser après baiser sur cette zone soudainement hypersensible. À part les infirmières de mes différents internats, qui passaient la moitié de leur temps à panser des genoux écorchés et l'autre moitié à réprimander les jeunes filles pour leur comportement de garçon manqué, je ne me souvenais pas que quelqu'un ait jamais pris soin de moi, sauf moi-même.

Quand je ne réussis plus à en supporter davantage, je tendis la main vers lui.

— Darius.

— Tu es impatiente, on dirait ? Il me fit un sourire, puis se déplaça de façon à ce que son menton soit au-dessus de mon intimité humide.

— Je peux t'embrasser ici ?

— Oui.

— Tu es sûre ?

— Tu me taquines !

Son regard croisa le mien, et il glissa deux doigts en moi, le désir dans ses yeux me retenait prisonnière.

— C'est ça que tu veux ?

— Plus.

Avec un sourire que je ne pouvais décrire que comme l'expression de sa satisfaction masculine, il baissa la bouche vers moi et aspira doucement une zone très sensible avec sa bouche, joua avec moi avec sa langue, et me baisa avec ses doigts jusqu'à ce que je le supplie.

— S'il te plaît.

— Jouis pour moi.

— Tu es. Si...

Ses doigts allaient en profondeur. Il les avait recourbés et frottait un endroit sensible que je ne savais même pas que j'avais. Je criai quand un orgasme me traversa.

— Autoritaire !

Il n'arrêta pas de bouger ses doigts, de me goûter et continua jusqu'à ce que je sois épuisée avant de remonter le long de mon corps pour y déposer des baisers. Je le touchai lorsqu'il s'installa entre mes cuisses, sa bite bien dure s'enfonça dans mon intimité chaude et humide avec une lenteur angoissante qui me fit contracter à nouveau mes muscles intérieurs très sensibles.

J'agrippai ses épaules. Mes hanches se soulevèrent pour aller à sa rencontre. J'en voulais plus. Il faisait preuve d'un sang-froid incroyable et entrait et sortait de moi à un rythme lent et régulier qui me faisait monter de plus en plus haut jusqu'à ce qu'un autre orgasme inattendu déclenche une série de spasmes dans mon corps.

En émettant un gémissement qui ressemblait à mon nom, il continua à bouger. Avec force. Rapidement. Sans retenue. Je bougeais à son rythme, en même temps que lui, j'acceptais tout ce qu'il me donnait et en voulais plus. Toujours plus.

On explosa tous les deux, son corps frissonnant sur le mien avec une intensité qui me choqua.

Il me recouvrit avec son corps quand ce fut fini, et j'accueillis son poids, sa chaleur, avec joie, je me sentais protégée, même si la majorité de son poids reposait sur ses bras.

— Tu es dangereuse, me dit-il.

Ce compliment me faisait plaisir, et je caressai son dos avec chaque once d'émotion que je n'étais pas prête à nommer, et encore moins prête à exprimer à voix haute.

Pendant de longues minutes, nous restâmes enlacés, nous n'étions ni l'un ni l'autre prêts à bouger jusqu'à ce qu'on commence à se sentir obligés d'abandonner ces quelques instants de bonheur.

Finalement, la réalité envahit mes pensées. Manger. Douche. Briefing de la mission. Encore des combats.

Darius dut sentir la tension dans mes membres, car il roula sur le côté et m'entraîna avec lui. Quand je me retrouvai sous son épaule, il soupira.

— Est-ce qu'on peut rester ici toute la journée ?

— Tu sais que c'est impossible.

— Je ne veux pas que tu combattes aujourd'hui, Lily. C'est trop tôt.

Je ne répondis pas. Nous pouvions encore rester comme ça, il restait du temps. Je ne voulais pas en perdre un seul instant.

10

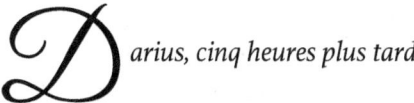

arius, cinq heures plus tard

À BORD DU CUIRASSÉ RESOLUTION, la salle pour les briefings de missions n'était pas aussi grande que celle que nous utilisions sur Arturri, mais il y avait suffisamment de places assises pour les sept équipes de Titans, une poignée de pilotes de Starfighter et l'amie de Lily, Mia, et son binôme, Kassius, nos seuls spécialistes de suivi de mission de niveau Starfighter.

L'autre amie humaine de Lily, Jamie, qui était une Starfighter pilote d'élite, était assise à côté de nous, à la droite de Lily, avec son binôme, Alexius.

Comme les femmes utilisaient les diminutifs Kass et Alex pour leurs hommes, j'avais commencé à faire la même chose. Nous avions tous partagé un repas avant cette réunion, au cours duquel Alex m'avait dit que mon nom devrait également être raccourci à la mode terrienne et qu'ils m'appelleraient désormais tous Dar.

Merci Vega, Lily leur avait dit non immédiatement. Ça m'avait évité de me battre avec les autres Starfighters pour qu'ils abandonnent cette idée. Kass et Alex avaient tous les deux ri de la voir protester ainsi, mais j'avais le sentiment que quand je serais seul avec eux, ils m'appelleraient Dar juste pour me taquiner. Cela me convenait. Ça ne me dérangeait pas de faire moi aussi des blagues avec leurs noms. Je devais y réfléchir. Nous étions une famille maintenant, car nos femmes se considéraient comme des sœurs, selon Lily. Si elles étaient importantes pour Lily, alors elles l'étaient pour moi.

— Starfighters, une opportunité inattendue se présente à nous. Le général Romulus faisait les cent pas à l'avant de la salle tandis que le mur derrière lui devenait un écran géant.

À ce moment précis, la porte de la salle de réunion s'ouvrit et le général Aryk, le général Jennix, et deux pilotes de Starfighter d'élite que je ne reconnaissais pas, entrèrent dans la pièce. Le général Romulus regarda le général Aryk, qui lui fit un imperceptible signe de tête. À son tour, il fit un signe silencieux à Mia et Kass, qui se levèrent.

— Très bien. Les Starfighters MCS Mia Becker et Kassius Remeas vont prendre le relais maintenant.

Les amis de Lily se dirigèrent vers l'avant de la salle de réunion et firent apparaître une grille de navigation qui semblait montrer les positions d'une grande partie des forces de la reine Raya, elles étaient entassées juste au-delà de la lune de la planète Xenon.

— Est-ce un croiseur de la flotte des Ténèbres ? Une

voix provenant du fond de la pièce mit fin à tous les bavardages, la pièce devint soudain étrangement silencieuse.

— Oui. Mia désigna un petit point près du coin de la grille de navigation. Et ce n'est pas le seul. Il y a trois croiseurs dans la formation d'attaque.

Lily se pencha en avant, plissa un peu les yeux pour essayer de distinguer le vaisseau que Mia désignait. De nos sièges, la petite image était difficile à voir clairement, ce n'était pas plus qu'un point sur le mur. Lily ne semblait pas vraiment perturbée. Contrairement à moi. Je savais à quel point ces vaisseaux étaient puissants. Gigantesques. Dangereux.

C'était un vaisseau comme celui-là qui avait tué mon frère.

Lily regarda Mia.

— Alors, on va les éliminer, non ?

Ma poitrine se serra à l'idée que Lily puisse s'approcher de l'un de ces vaisseaux, et je répondis à sa question.

— Non, sûrement pas.

Lily leva la main, le coude sur la table en face de nous, la paume tournée vers moi.

— Je ne t'ai pas posé la question, Darius. Mia ?

— Nous avons des raisons de croire que la reine Raya est sur le troisième croiseur.

— Ce n'est pas une raison suffisante pour attaquer. On perdrait trop de combattants. C'était la même voix qui provenait de l'arrière. Je jetai un coup d'œil par-dessus mon épaule et aperçus le pilote Starfighter d'élite Ryzix et son partenaire, Gustar. Ils pilotaient le Lanix. Je les avais rencontrés il y a longtemps, mais je ne les avais pas revus depuis la mort de mon frère. Ils étaient très compétents. Très respectés. Sans pitié dans un combat.

Il n'avait ni l'un ni l'autre l'air ravi à l'idée d'affronter un croiseur de la flotte des Ténèbres. Mais là, il y en avait trois ? J'étais tout à fait d'accord. C'était une mission suicide.

Kass attendit que les murmures se terminent, puis il reprit la parole.

— Nous avons aussi des raisons de croire que les forces de la reine Raya se rassemblent pour préparer un assaut direct sur Vélérion.

Le silence était si profond que je pouvais entendre les battements de mon propre cœur.

— Quand ? demanda Jamie.

— Dans deux jours, dit Mia.

Jusqu'à ce moment-là dans la guerre, la reine Raya n'avait pas osé attaquer directement notre planète. Elle avait frappé notre ancienne base de Starfighter, mais elle n'était pas située à la surface de notre planète. La grille de défense satellite de Vélérion était remarquable. Elle comprenait les Starfighters stationnés sur la base lunaire d'Arturri, nos forces au sol et dans les airs, à la surface et au niveau de la flotte spatiale de Vélérion, par conséquent un assaut direct sur notre planète était impensable.

— Est-ce une blague ? Parce que ce n'est pas amusant. Cette fois-ci, c'était Gustar, un homme blond, qui avait parlé. Nous attendions tous la réponse de Kass ou de Mia. J'espérais, je priais pour que cette information, où qu'elle ait été obtenue, soit fausse. Mais quand je vis l'expression inquiète de Mia, mon cœur sombra.

Ce n'était pas une blague. Et nous, et le reste de Vélérion, allions avoir de sérieux problèmes.

Mia ajusta la grille de navigation, agrandit les sections au fur et à mesure qu'elle détaillait les informations. Les alliés de la reine Raya, la flotte des Ténèbres, perturbés par ses récentes défaites, d'abord au port hexagonal puis sur la planète colonie de Xenon, avaient décidé que l'arrivée des nouveaux éléments Starfighter de la Terre représentait une trop grande menace pour leurs efforts de guerre. Pour atténuer cette menace, ils avaient donc maintenant choisi de lancer un assaut direct sur Vélérion, vraisemblablement avant que d'autres Starfighters d'autres mondes puissent se joindre au combat.

Je ne pris pas la peine de demander comment la Reine Raya avait été informée de l'arrivée de Jamie ou Mia. Je savais que Jamie avait été faite prisonnière par la reine. Et comme tout autre souverain, elle avait des espions partout. Sans compter que le succès de la *Starfighter Training Academy* sur Terre était une grande nouvelle sur Vélérion. Ce n'était pas vraiment un secret, pas après que les deux premières Starfighters fraichement arrivées aient remporté des victoires si décisives. Jamie avait été capturée, s'était échappée et avait réussi à sauver une planète entière d'une attaque IPBM. Mia avait aidé à planifier et à coordonner l'attaque réussie de la station Xenon et avait désactivé le principal système de communication et de défense de la flotte des Ténèbres sur la lune de cette planète.

Jamie et Mia avaient été trop compétentes, merde.

— Nous pensons que le bunker de Xenon était un piège conçu pour éliminer notre tout nouvelle Starfighter Titan, Lily Becker de la Terre, ajouta le général Romulus d'où il se tenait sur le côté de la grille de navigation. Ils savaient que nous allions déployer les équipes de Titans à cet endroit. Non seulement l'intérieur avait été câblé pour exploser, mais les falaises avaient été percées pour s'assurer que quiconque se trouverait dans cette zone serait enseveli sous d'énormes éboulements.

Lily se pencha en avant, l'air furieuse.

— Tu veux dire qu'ils ont tout manigancé pour moi ?

Mia la regarda droit dans les yeux.

— Oui.

— C'est totalement surréaliste.

— Et pourtant vous avez survécu, fit remarquer le général. Les Starfighters d'élite sont puissants. Vous ne faites pas exception.

— Mais...

Je posai la main sur sa cuisse et serrai doucement. Lily cligna des yeux rapidement, en secouant la tête. Elle me murmura :

— Je suis bibliothécaire, Darius. C'est juste dingue. Comment avaient-ils ces informations me concernant ?

— Ils ont des espions.

— Génial.

— Ils ont presque réussi à tuer non seulement Lily, mais aussi plusieurs membres des équipes Titans, ajouta Kass. Trois combattants Titan sont encore sous surveillance médicale. Lily, ton Titan, Athéna, a été détruit. Nous sommes en train de t'en construire un nouveau, mais il ne sera pas prêt avant plusieurs jours, et nous n'avons pas le temps d'attendre.

Est-ce que le fait de pousser un soupir de soulagement en entendant cette nouvelle faisait de moi un imbécile ? Je ne voulais pas que ma Lily participe tout de suite à une autre bataille alors que j'avais failli la perdre il y a si peu de temps. Les médecins avaient dit que sa jambe était guérie, mais cela ne m'apaisait en rien et n'apaisait certainement pas mon besoin de la protéger.

Mon soulagement fut de courte durée.

— La Starfighter d'élite Titan Divi a subi de graves brûlures pendant la bataille sur Xenon. Elle est toujours dans l'unité médicale, sous sédatif, pendant que sa peau se régénère. Sa sœur Dea, la combattante à laquelle elle est associée, a parlé brièvement avec Divi ce matin, et elle a accepté de transférer son Titan, *Bellator*, à Lily pour qu'elle l'utilise dans cette bataille.

— Athéna a été complètement détruite ? C'est une épave ? Lily avait l'air d'avoir le cœur brisé.

— Elle t'a sauvé la vie, et elle est en train d'être reconstruite, lui assura Mia. Elle ne sera tout simplement pas prête pour cette mission.

Lily posa le dos contre sa chaise, les bras croisés sur sa poitrine. Alors que Mia changeait à nouveau les images, Lily se tourna vers moi.

— Il y a des sœurs ? Je ne savais pas qu'on pouvait être associé à son frère ou sa sœur.

Je haussai les épaules.

— Les couples hors-monde sont toujours mari et femme, mais tous les partenariats ne sont pas comme ça. Certains sont frères et sœurs. Meilleurs amis. Il faut être associé à une personne avec qui on se bat bien et être prêt à le protéger au péril de sa vie.

— Sauf que ton frère est mort et pas toi.

Ce commentaire cinglant avait été prononcé pas loin d'où nous nous trouvions. Je fermai les yeux alors que la culpabilité et la douleur familières gonflaient dans ma gorge, et me brûlaient à l'intérieur dans deux directions, je le ressentais à la fois dans ma poitrine et dans ma tête.

— Quoi ? Qui a dit ça ? Lily se retourna brusquement.
— Lily.

Mia se racla la gorge et Lily s'avança pour écouter, mais ses yeux se tournèrent vers moi à plusieurs reprises, et je ne pouvais rien dire contre le regard accusateur que je voyais qu'elle me lançait. Je ne lui avais pas tout dit, c'était vrai. Mais je l'avais fait pour la protéger.

Mia et Kass continuèrent de détailler la mission. La flotte de la reine Raya était prête pour plusieurs niveaux d'attaque. La première serait constituée de drones qui détruiraient le réseau de défense satellite de Vélérion. Il y en aurait des milliers. Ensuite viendraient des chasseurs Scythe qui dégageraient le terrain pour le déploiement de troupes terrestres via des navettes. Les croiseurs allaient mettre en place des brouilleurs multiphases et multifréquences pour que nous n'ayons qu'une ligne de vue directe, et une communication uniquement par laser.

Ça allait être un vrai cauchemar, putain !

Finalement, le général Romulus s'adressa directement aux équipes Titans.

— Selon les renseignements, la reine Raya sera en orbite près de l'équateur de Vélérion sur ce croiseur, dit-il en désignant un grand vaisseau. Notre plan est d'emmener une équipe Titan sur chaque croiseur avant qu'ils n'arrivent dans l'espace de Vélérion. Les équipes Titans se déploieront à partir d'une navette furtive qui utilisera le champ magnétique de Xenon pour cacher leur présence et rester juste en dehors de la portée de leur scanner. Lorsque les croiseurs passeront par Xenon, les équipes Titans s'appuieront sur la vitesse d'éjection et leurs propres propulseurs pour naviguer et se fixer sur la coque des croiseurs.

— Putain de merde.

C'était Ryzix à nouveau, et j'étais complètement d'accord. Les Titans seraient lancés dans l'espace sans équipe de soutien, sans renfort, sans possibilité de s'en sortir s'ils ne réussissaient pas, et sans assez d'air ou de carburant de réserve pour retourner sur Vélérion autrement que sur la coque d'un de ces croiseurs.

Les Titans pouvaient voler, mais le blindage externe ne pouvait pas supporter la chaleur et le choc d'un retour dans l'atmosphère d'une planète. Les Titans n'avaient pas non plus assez de réserve d'énergie pour faire ce genre d'atterrissage ou attendre qu'on vienne les chercher.

— On a analysé leur stratégie d'attaque. S'ils réussissent à placer les croiseurs en orbite, Vélérion tombera. Le général Aryk, l'officier le plus haut gradé de la flotte et le leader de l'Alliance Galactique, s'arrêta pendant une longue minute pour que nous prenions bien conscience de la situation.

— Alors, comment va-t-on les arrêter ? demanda Lily. La navette lance l'un d'entre nous comme un boulet de canon, on se prépare pendant le vol avec nos propulseurs, on s'accroche à la coque du croiseur, et puis quoi ? Ils ne vont pas être au courant à la seconde où nous atterrirons ?

Mia secoua la tête.

— Non. Les Titans sont trop petits. Pour leur vaisseau, vous serez des débris spatiaux, un caillou rebondissant sur la coque. Même leur système de défense vous ignorera jusqu'à ce que vous commenciez à tout démolir.

— Mais on va pouvoir les mettre en pièces ?

— Absolument.

Lily fit un geste étrange avec sa main, une sorte de

mouvement de roulement qui fit sourire Mia alors qu'elle continuait.

— Une fois que l'équipe Titan se sera attachée à la coque du croiseur, vous viserez l'un des deux générateurs de gravité qui alimentent leurs propulseurs. Elle ajusta l'écran de la grille de navigation de façon à ce qu'un dessin schématique du croiseur occupe tout le mur. Mia pointa du doigt deux zones distinctes sur l'extérieur du croiseur.

— C'est là que les choses se corsent.

— Se corsent ? demandai-je à Lily.

— Deviennent dangereuses.

Je grognai. Comme si le reste de la mission jusqu'à ce point ne l'était pas.

— Les Titans transporteront des déclencheurs d'IPBM modifiés, récupérés dans l'usine de production sur Xenon. Les déclencheurs ne sont pas aussi puissants que les IPBMs complets, mais seront plus que suffisants pour déclencher une réaction en chaîne qui paralysera le vaisseau, qui pourra même peut-être le détruire.

— Et comment l'équipe Titan sera-t-elle évacuer ? demandai-je.

— Les réserves du propulseur seront utilisées pour lancer le Titan vers un ensemble de coordonnées préalablement choisies où vous attendrez d'être récupérés par une navette. Le ton du général Romulus ne se prêtaient pas aux commentaires. Les Titans ont un rôle majeur à jouer pour mettre fin à cette guerre. Les pilotes de Starfighter seront nécessaires pour engager le combat avec les chasseurs Scythe. Notre équipe MCS et ses équipes de soutien travailleront à pirater les systèmes de communication des drones d'attaque ainsi qu'à lutter pour maintenir nos satellites et nos opérations de communication. Les pilotes de navette évacueront les cibles civiles et déplaceront les forces terrestres et le matériel. Toute notre flotte a été rappelée et a reçu l'ordre de prendre des positions défensives autour de Vélérion, de la lune et de Xenon pour protéger notre peuple et repousser l'attaque. Nous ne pouvons pas perdre ce combat. Est-ce bien clair ?

Dea, le Titan dont la sœur se remettait de ses brûlures, ajouta doucement.

— Qu'en est-il de nos familles à la surface ? Le public est-il au courant ? Pouvons-nous les appeler ? Les avertir ?

— Pas encore. La reine Raya veille à ce que ses vaisseaux restent dans les zones d'ombre, en dehors des zones habituelles de nos radars ou celles de nos patrouilles. Si nous alertons le public trop tôt, ses espions l'informeront que nous sommes au courant de l'attaque. Pour l'instant, les seules personnes au courant sont dans cette pièce, et cela doit rester ainsi jusqu'à ce que nous ayons mis en place des Titans sur ces croiseurs.

Dea acquiesça :

— Quand est-ce qu'on part ?

Le général Romulus fit un signe de tête en direction de Dea, c'était une marque de respect et de remerciement.

— J'ai déjà parlé à plusieurs Titans qui se sont portés volontaires pour cette mission. Nous avons besoin de six Titans. Avec vous, nous en avons cinq.

— Je vais y aller, proposa Lily avant que je puisse l'arrêter. Je me porte volontaire, à condition que je puisse prendre le Titan de votre sœur ? Elle regarda Dea, qui hocha la tête.

— Bien sûr. Elle en serait honorée.

— Non.

Lily se tourna vers moi.

— Tu ne me contrôles pas, Darius.

— Tu ne participeras pas à cette mission. Je levai les yeux vers le général Romulus. Je vais y aller à sa place.

Le général secoua la tête.

— Négatif. Les postes de la mission sont assignés, il n'y a plus assez de place. Vous vous présenterez avec le reste des Titans demain à douze heures quarante pour l'examen de l'appui au sol sur Vélérion.

— Non.

— Vous refusez un ordre direct ?

Putain. Putain. Putain.

— Non, Général, mais avec tout le respect que je vous dois, ça n'a pas de sens de séparer une équipe soudée. Ils travaillent mieux ensemble, plus instinctivement. Je devrais y aller.

— J'ai déjà parlé à la famille de Dea. Je leur avais dit que si elle se portait volontaire, j'approuverai sa candidature pour cette mission. Je comprends que vous venez d'être associés, mais vous devrez rester en dehors de cette mission.

Je fixai le général Romulus. Putain, je détestais la politique. Il n'y aurait pas davantage de personnes autorisées à participer à cette mission. Le général avait pris sa décision avant d'entrer dans la pièce. Je me redressai.

— Très bien.

— Excellent. Mission Titans vers les croiseurs, soyez de retour ici à huit heures vingt demain matin. Nous passerons en revue les options en matière de munitions et de carburant additionnel. Les détails de la mission seront disponibles pour chacun d'entre vous sur vos appareils personnels. Étudiez-les. Mémorisez tout. Vous décollez à dix heures précises.

Il parcourut la pièce du regard.

— C'est peut-être la fin, Starfighters. Nous vivons ou nous mourrons. Mais nous nous battons jusqu'au bout.

Un cri collectif traversa la pièce. J'élevai la voix avec les autres, mais je ne pouvais pas accepter ce qui venait de se passer. Et Lily ? Elle se leva, tourna les talons et s'éloigna de moi sans un regard en arrière.

Qu'est-ce qui se passait ici ? Comment étais-je censé la protéger si elle s'opposait à moi à chaque instant ? C'était inacceptable.

Lily partait pour la mission la plus dangereuse que je puisse imaginer. Toute seule. Et je ne pouvais rien faire pour l'en empêcher.

Je jetai un coup d'œil par-dessus mon épaule et aperçus la Starfighter Titan, Dea, qui parlait à l'un des pilotes.

Peut-être que je pouvais tenter quelque chose après tout.

11

ily

— Menteuse. Menteuse. Quelle menteuse ! Je pris mon roman d'amour préféré sur l'étagère, le livre avec mon héros extraterrestre préféré, le guerrier, sexy, honorable et *respectueux*, ma bête Atlan, et le jetai à travers la pièce.

J'en pris un autre. J'en avais apporté deux avec moi pour cette mission, en pensant que je les montrerais peut-être à Darius et que nous pourrions essayer certaines des positions sexuelles les plus intéressantes. Je n'en avais toujours pas eu besoin. Toujours pas.

Je jetai un coup d'œil à l'illustration, au titre, au rêve.

Cette couverture était si sexy. Ce serait une honte...

Non. Non. *Putain de merde*. Quand je serais de retour à la base lunaire d'Arturri, j'allais tous les jeter.

— Grace Goodwin, espèce de conne. Je vais te dire deux mots quand je rentrerai sur Terre. Cette auteure racontait n'importe quoi. Il n'y avait pas d'alien sexy dans l'espace attendant de réaliser tous mes rêves.

Mes rêves n'étaient même pas si exceptionnels que ça. Du moins, c'était mon opinion. Je voulais un homme qui m'aimait, me respectait, et croyait en moi. Je voulais qu'il croie en mes capacités. En mon courage. En mon intelligence. Tout ce que je voulais, c'était qu'il croie en mes capacités à gagner. Créer. Qu'il voie que j'étais plus que ce que je semblais être sous mon apparence moyenne, timide et introvertie.

Mais nooooon. En fait, Darius était tellement opposé à ce que je participe à cette mission qu'il avait défié le général Romulus et *m'avait humiliée* devant *tous* les Starfighters du cuirassé, *trois généraux et* mes meilleures amies.

Oh non ! La délicate petite fleur Lily ne peut pas participer à cette mission super dangereuse. Elle y périra ! Nous y périrons tous ! Oh général Romulus, mon Général vous devez m'envoyer à sa place. Je suis un grand guerrier solide. Je peux le faire pour elle. Pauvre petite Lily. Elle a besoin qu'on la protège. Elle ne sait pas à quel point elle est fragile.

Quel connard.

Et il me mentait depuis notre rencontre. J'avais eu tellement confiance en lui, été tellement aveuglée par les orgasmes et la promesse de quelqu'un qui se souciait vraiment de moi, qui croyait en moi, qui m'avait choisie, que je n'avais pas posé de questions. Je n'avais pas voulu savoir.

Eh bien, grâce à quelques questions rapides après le briefing de la mission et une recherche sur ordinateur, j'avais appris la vérité par moi-même.

Je n'avais pas été le premier choix de Darius. Tycho,

son frère, avait été son partenaire de combat pendant trois ans. Trois. Ans. Il était mort lors d'une mission peu de temps avant que je commence à jouer à la *Starfighter Training Academy*. Peut-être quelques semaines avant que je choisisse Darius, parmi toutes les options du jeu, et qu'il devienne mon partenaire de mission dans le jeu.

J'avais joué à un jeu. Darius avait cherché un moyen de se racheter et de porter à nouveau l'uniforme des Starfighters.

Lui et son frère avaient désobéi à un ordre direct. Et mis en danger plusieurs membres de l'équipe. Les détails de la mission étaient censurés, mais j'en savais assez. Tycho avait été tué, et Darius avait été viré du programme Titan.

Jusqu'à mon arrivée. Jusqu'à ce que je batte le jeu—la simulation d'entraînement, peu importe comment ces putains d'aliens l'appelaient—-et que je gagne pour chacun d'entre nous une place dans un Titan.

Je n'étais pas importante pour lui. J'étais un moyen d'arriver à ses fins avec du sexe à volonté en prime.

Pas étonnant qu'il ne m'ait pas dit la vérité sur son passé, son frère. Rien à propos de toute cette histoire.

Je retenais mes larmes et fixais le livre dans ma main.

— J'aurais dû aller sur Atlan, hein ?

Après cette mission, je rentrerais chez moi. Je n'avais aucune raison de rester. Quand Vélérion serait en sécurité et que la maléfique reine Raya, serait morte ou capturée ou je ne sais quoi, je laisserais cette vie de merde derrière moi. Je me fichais de cette guerre. Tant que des enfants ne mourraient pas et qu'une salope maléfique ne gâchait pas la vie d'innocents sur cette planète, je m'en fichais. Tout cela ne pèserait pas sur ma conscience.

Ce serait terminé.

Fini.

Le sexe avec Darius était génial, sans aucun doute. Mieux que ce que j'avais imaginé. Mais j'avais été traité comme une ratée toute ma vie. On m'avait fait sentir que je n'étais pas *vraiment* à la hauteur. Si je perdais trois kilos, ma mère m'encourageait à en perdre trois de plus. Une maîtrise ? Merveilleux, mais Connie Winthrop avait un doctorat. Ooh-la-la. Et sa sœur ? Penelope ? Eh bien, chérie, elle avait épousé un baron et avait déjà un troisième enfant en route. N'était-ce pas merveilleux ?

Totalement, complètement merveilleux, maman.

Dommage que je ne puisse pas changer mon nom en Pénélope et réussir, pour une fois dans ma vie, à faire plaisir à ma mère. Lorsque je m'étais préparée à venir ici, à quitter la Terre, je leur avais écrit une lettre énigmatique et laissé mes factures en paiement automatique. Je supposais qu'au fond de moi, je savais que ça ne marcherait pas.

Je n'allais pas mener cette bataille avec Darius. Je méritais mieux. Plus.

Il n'était pas obligé de m'aimer. J'acceptais cela. Mais je ne tolérerais pas qu'on me dorlote et qu'on me manque de respect. Qu'on me traite comme une enfant qui ne savait rien faire.

Je n'allais *pas* pleurer.

La porte de notre logement de fonction temporaire s'ouvrit, et Darius apparut quelques secondes plus tard à l'entrée de la petite chambre. Ce serait bientôt *sa* chambre. À lui tout seul. J'avais déjà pris des dispositions pour dormir ailleurs ce soir. Dans ma propre chambre. Ce vaisseau en avait des centaines.

— J'ai besoin de te parler.

—Vraiment ? Tu veux qu'on parle maintenant ? Je regardai l'homme fantastique sur la couverture du roman que je tenais dans ma main et secouai la tête.

— Non. Je ne veux pas te parler.

— Tu ne vas pas participer à cette mission, Lily. Je te l'interdis.

Putain, quoi ?

— Tu l'interdis ? J'entendis le ton aigu et cadencé de ma voix et ne fis aucun effort pour le modifier. J'étais presque sûre que Darius n'avait aucune idée de ce que ce ton signifiait. Il était sur le point de le découvrir.

— C'est trop dangereux.

— Ah, oui ? Je tirai sur la manche qui recouvrait partiellement l'unité de communication à mon poignet et regardai le message que j'avais reçu du général Romulus moins de cinq minutes auparavant et vérifiai que les détails concernant la réunion pour le lancement de la mission de demain étaient toujours là. Que je ne l'avais pas imaginée.

— Dis au général Romulus que tu as changé d'avis. Que je vais prendre ta place.

Je me levai lentement, je tenais toujours le livre de Grace Goodwin, quel foutu mensonge, et me dirigeai vers une unité d'élimination qui enverrait le papier au recyclage. Je déposai le bouquin à l'intérieur. La refermai.

— Je vais y aller. Mes scores de simulation de vol étaient plus élevés que les tiens. J'ai plus de chances d'atteindre ce croiseur et de rester en vie, et tu le sais. En plus, la reine Raya a essayé de me tuer avec un éboulement. Pas toi.

— Je ne peux pas te laisser faire ça, Lily.

— Ah oui ? Je ramassai le livre que j'avais jeté par terre et me dirigeai vers le broyeur. Jetai le deuxième livre dedans. *Bye-bye, la bête.*

— Tu ne peux pas ? Vraiment ? Comme le fait que tu ne pouvais pas me dire la vérité. Que tu ne m'aies pas dit que ton frère était mort ? Ton partenaire de combat avec qui tu étais associé ? Tycho ?

— Je n'ai jamais trouvé le moment adéquat.

Il avait au moins le réflexe d'avoir l'air d'avoir honte.

— D'accord. Je me dirigeai vers le petit coin salon à l'extérieur de la chambre et m'émerveillai que même ici, sur un vaisseau de combat, dans l'espace, les logements de fonction des Starfighters étaient bien plus agréables que tout ce que j'avais pu voir dans les films, du moins sur un vaisseau naval lambda.

— Lily, tu m'écoutes ?

— Complètement. S'il te plaît, continue de parler. Je pris place sur le petit banc de style canapé, soulevai le verre où j'avais bu plus tôt de la petite table et le terminai.

— Lily... Il s'interrompit, passa les doigts dans ses cheveux, ses cheveux magnifiques et tout doux que j'avais tiré seulement quelques heures auparavant, il semblait ne plus savoir quoi dire.

— Non, Darius. Vas-y. Dis-moi pourquoi tu m'as *humiliée* devant trois généraux, devant tous les Starfighters de ce vaisseau et devant mes amies. Dis-moi à quel point cette mission est dangereuse. À quel point tu es inquiet pour moi. À quel point je suis faible, non qualifiée et incapable. Vas-y. J'ai déjà entendu tout ça.

— Stop. Je n'ai pas dit tout ça.

— Ah, bon. Je déposai lentement le verre d'eau qui

était vide maintenant. Délibérément. Mon ton était détaché. Calme. Ma mère m'avait bien éduquée.

— Je vais participer à cette mission, et ensuite je rentrerai chez moi. Je suis sûre que tu trouveras une nouvelle partenaire en un rien de temps, maintenant que tu portes à nouveau un uniforme de Starfighter d'élite.

Mes yeux me brûlaient. Des larmes. Non. Non. Non. Je clignai des yeux et pris une profonde inspiration pour me vider la tête.

— J'ai déjà pris des dispositions pour coucher ailleurs ce soir. C'est terminé. Fini. Tu ne me dois rien.

Je me levai, fis les trois pas qui me séparaient de la porte.

Ne te retourne pas.

Ne te retourne pas.

Je le fis néanmoins, et aperçus le visage blême de Darius. Ses yeux ronds. Il avait l'air choqué. Incertain. J'avais presque mal pour lui. Presque.

— Je suis désolée pour ton frère.

Darius n'avait toujours pas bougé lorsque je sortis de la petite pièce, la porte se refermant sur des évènements trop douloureux pour que je m'y attarde. J'avais une mission à accomplir, une planète à sauver.

J'étais une Titan Starfighter d'élite, pas une écolière pleurnicharde.

Au diable le besoin d'être acceptée par les autres. Je n'avais pas besoin de l'approbation des autres. J'avais terminé le programme d'entraînement. J'avais été choisie. Mia et Jamie étaient des amies que j'avais choisies, des amies qui me respectaient et me traitaient convenablement. Qui me soutenaient, moi et les décisions que je prenais.

Je ne donnerais plus aux autres autant de pouvoir sur moi, sur mes émotions, sur ma confiance en moi, tout cela était bel et bien terminé.

— Je suis une dure à cuire qui déchire.

À l'angle du couloir, je rencontrai Bantia qui se tenait là, le sourire aux lèvres.

— En effet, c'est exactement ce que tu es. Elle porta une main à sa poitrine et me fit une petite révérence. Donc, tu vas affronter un des croiseurs avec Dea demain.

— Oui, c'est prévu.

— Celle qui fait exploser le croiseur en dernier doit payer sa tournée pour fêter la victoire.

— Marché conclu.

Je lui tendis la main, elle la prit, me fit un sourire quand je lui serrai la main et fis bouger nos paumes jointes de haut en bas pour sceller l'accord.

— Je préfère te prévenir, je ne bois pas de choses bon marché. J'aime les bonnes choses du système Androméda.

— Je ne suis pas inquiète. C'est toi qui vas payer.

Avec un sourire, on relâcha notre poignée de main. Je passai devant elle et continuai à avancer pour explorer le reste du vaisseau. Si c'était ma dernière nuit dans l'espace, je voulais voir plus qu'une chambre.

Darius

LE GÉNÉRAL ROMULUS m'attendait lorsque je frappai à la porte de son logement de fonction.

— Je me demandais quand est-ce que tu allais faire ton apparition.

— Vous devez m'envoyer dans cette mission. Je prendrai la place de Dea. Je ne peux pas revivre ça encore une fois. Si vous ne voulez pas empêcher Lily d'y aller, je dois aller avec elle.

Le général me regarda de la tête aux pieds, mais ne me proposa pas d'entrer.

— Et pourquoi est-ce que je permettrais ça ? Dea est une Titan exceptionnellement douée.

— Moi aussi.

— Et Lily ?

— Vous savez qu'elle est incroyable.

— Et c'est pour cela que tu as laissé entendre le contraire au briefing de la mission ?

— Je n'ai pas...

Il haussa un sourcil.

— C'est peut-être pour cela que ton binôme vient de demander officiellement que votre lien soit rompu et effacé du Palais des Archives ? En fait, elle m'a fait part de son intention de démissionner et de retourner sur Terre ? Parce que tu as parlé d'elle en des termes si élogieux face à vos pairs ?

— Quoi ?

Lily allait partir ? Ce n'était pas acceptable. Elle était à moi. C'était moi qui devais l'aimer. La protéger. La chérir.

— En effet. Je pensais bien qu'elle avait peut-être décidé de garder cette information pour elle. Cela semble être une tendance dans votre relation.

— Putain.

Ses mots étaient comme des poignards dans mes tripes. Lily avait dit la même chose. Que je l'avais mise mal à l'aise, humiliée, que je lui avais menti. Que j'avais des secrets. J'avais eu besoin de la garder en sécurité. Tout simplement. Mais j'avais tout fait foirer. Terriblement. Je devais juste lui parler pour qu'elle comprenne, et ne pas la laisser sortir du lit avant qu'elle promette de m'écouter.

— Où est-ce qu'elle loge ce soir ? J'ai besoin de la voir.

— Je ne crois pas que cette activité spécifique soit à l'ordre du jour de ce soir.

— Où est-elle ?

Il haussa les épaules et j'eus envie de le frapper. Encore une fois. Comme je l'avais fait le jour où mon frère était mort. Comme ce jour-là, frapper le général ne m'aurait pas aidé à protéger Lily.

Tycho avait été un adulte. Il avait fait ses propres choix. Lily faisait les siens. Je devais respecter ça. Je ne pouvais pas refaire la même erreur, ou je la perdrais aussi. Elle était mon binôme. Elle était tout pour moi maintenant. Tout ce qui comptait.

— S'il vous plaît, Général. Où est-elle ? J'ai tout foutu en l'air.

Il m'étudia longuement avec un air sévère. Bien qu'il n'ait que quelques années de plus que moi, le poids de ses responsabilités faisait de lui davantage une figure paternelle que son âge ne justifiait pas. Pourtant, le poids de son jugement me faisait serrer les poings le long de mon corps.

— Demande à Dea. Si elle accepte que tu prennes sa place, je donnerai mon accord. À une condition.

— N'importe laquelle.

— Que tu ramènes Lily vivante.

12

Lily, Titan Bellator, navette de lancement, espace lointain

— A͟ppelle-moi T͟or, Starfighter. Je suis honoré de servir avec toi.

— Merci. Je ne savais pas quoi dire d'autre. J'avais utilisé le nom complet du Titan, Bellator, et il m'avait gentiment corrigé.

— Tu peux m'appeler Lily.

— Très bien. La voix masculine et grave du Titan semblait plus âgée que le profil que j'avais choisi pour *Athéna*. Presque comme un père attentionné et sage qui avait élevé dix enfants et tout vu. La voix de Tor était apaisante. Calme. Comme si j'avais mon propre capitaine Jean-Luc Picard à bord.

Comme Tor était la seule compagnie que j'allais avoir pendant les prochaines heures, j'étais heureuse de découvrir qu'il ne ressemblait pas à une sorcière mécanique ou à un adolescent irascible. Certaines des options vocales proposées lors de la construction d'un Titan étaient, à mon avis, très discutables.

— Starfighter, le chargement a commencé.

— Bien reçu.

Je ne me rendais pas vraiment compte que l'on chargeait le Titan sur le système de rails de lancement, pas comme je l'avais fait sur la planète Xenon. Mais bon, nous étions au milieu de nulle part, dans l'espace, sans gravité, sans lumière. C'était le néant. Sauf quelques étoiles qui scintillaient ici et là. Je savais qu'une fois lancée, je serais capable de voir les planètes Vélérion, Xenon et Xandrax au loin. Mais elles n'allaient pas être grandes. Ce serait plus comme repérer une cuillère à travers une pièce, à dix mètres de distance.

Dea et moi allions être seuls ici.

Cette pensée me fit regretter que Darius ne soit pas là. Je mis cela de côté et regardai le compte à rebours sur l'écran d'affichage dans le coin de mon casque.

— La séquence de lancement a commencé.

— Prête pour le lancement.

L'équipage de la navette avait été efficace et expérimenté. J'allais être éjectée en premier. Dea, que je n'avais pas vue depuis la réunion de coordination sur le cuirassé, serait lancée environ une demi-heure après moi, mais arriverait presque en même temps. Nous allions être envoyées dans l'espace sur les côtés opposés du croiseur de la flotte des Ténèbres. Ce qui signifiait que la navette devait parcourir une grande distance pour atteindre l'angle d'attaque nécessaire, car nous étions très éloignées.

Dea était restée dans sa couchette, ce qui me convenait. Je n'étais pas d'humeur à parler à qui que ce soit. Je voulais juste effectuer mon travail et rentrer chez moi pour bouder, manger de la glace et maudire les hommes en général, mais un homme en particulier.

— Lancement dans dix...

Je patientais.

— Cinq, quatre, trois, deux, un, lancement.

Il y avait peu de différence dans la sensation d'apesanteur entre la baie de lancement d'une navette et la fuite dans l'espace à des centaines de kilomètres à l'heure. Peut-être même des milliers. Je n'étais pas sûre des équivalences en kilomètres. Mais c'était très rapide. Et dès que j'aurais confirmé ma trajectoire et activé mes propulseurs, j'atteindrais ce que je pouvais décrire comme la vitesse d'un astéroïde.

C'était très rapide. Un grain de poussière spatiale pouvait tout gâcher. Me faire voler en éclats.

— Arrête de pleurnicher, dis-je en me parlant à moi-même, mais Tor semblait confus.

— Je ne suis pas familier avec ce terme

— Je me parlais à moi-même.

— Bien sûr.

— As-tu vérifié notre trajectoire actuelle ? Sommes-nous sur la bonne voie pour nous attacher au croiseur ?

— Bien sûr.

— Génial. As-tu envoyé les calculs à la navette ?

— Bien sûr.

C'était quoi ce bordel ?

— Arrête de dire bien sûr.

Tor se tut, mais un enchainement de lettres apparut sur l'écran de mon casque. Pour former deux mots : « *Bien sûr.* »

Je riais encore quand la communication de l'équipage de la navette me parvint.

— Lily, nous avons reçu et vérifié votre trajectoire. Coupez les communications et procédez à la mise à feu du propulseur.

— Bien reçu. Extinction.

Je devais avoir l'air d'un morceau de roche, d'un débris spatial, et rien de plus, ou les systèmes de défense du croiseur de la flotte des Ténèbres me détruiraient avant même que je ne m'approche d'eux.

— Bonne chance.

— Vous aussi.

Je demandai à Tor d'éteindre tous les systèmes non essentiels, les scanners, les radars et les communications. Tout sauf la navigation et les systèmes de survie.

— Deux minutes jusqu'à la combustion du propulseur dans trois, deux, un... combustion.

La légère augmentation de la chaleur autour de mes jambes et le son interne de la mise à feu du propulseur furent les seules choses qui se manifestèrent. J'étais dans le néant obscur et sans vie. Je n'avais aucune notion de temps ou de lieu. Rien à regarder, à étudier ou à ressentir. Je ne me sentais pas réelle.

Regarder la minuterie et l'affichage du carburant du propulseur me permit de rester saine d'esprit alors que le temps devenait étrangement abstrait. Je n'étais pas normalement du genre à souffrir de claustrophobie, mais mon rythme cardiaque s'accéléra et à l'intérieur du Titan, la température devint soudain beaucoup trop élevée.

Quelques secondes plus tard, les propulseurs s'arrêtèrent et une température standard fut rétablie dans le cockpit.

— Tu peux parler, Tor.
— Bien sûr.

J'essayai de ne pas sourire, sans succès. '

— Combien de temps avant d'arriver au croiseur ?
— À la vitesse actuelle, trois heures, vingt-deux minutes et seize secondes.

Le fait d'être piégée dans une boîte de conserve, éjectée dans l'espace avec des bombes gigantesques attachées au corps de mon Titan était plus un défi mental que je ne l'avais prévu. Merde.

— Tor, as-tu déjà entendu parler des échecs ?
— Un moment.

J'attendis qu'il fasse sa recherche dans sa base de données installée à bord. Il n'était pas autorisé à contacter les systèmes de communication ou de données sur Vélérion.

— Je trouve des références aux échecs sur Terre, c'est un jeu auquel on joue là-bas. Cependant, je n'ai pas d'autres informations.

— Bien sûr... que non

Voilà pour toi.

— Lily, voudrais-tu jouer faire une partie pour passer le temps ?

— Oh, oui, mon dieu. Et s'il te plaît, éteins ma vidéo. Est-ce que tu peux rechercher quelque chose d'autre pour moi ? Sur des plantes, des fleurs ou des gens ? N'importe quoi d'autre qu'un espace vide et tout noir ?

— Bien sûr.

Cette fois, cette réponse de deux petits mots me fit soupirer de soulagement. J'eus l'impression de pouvoir mieux respirer quand des photos que je supposais provenir de la surface de Vélérion commencèrent à défiler sur mes moniteurs. Elles montraient principalement des enfants qui jouaient. Ce qui était parfait.

— Merci.

— Le jeu de Tabula est populaire sur Vélérion. Veux-tu que je t'apprenne à y jouer ?

— Bien sûr.

Est-ce que je le taquinais ? Non. Pas moi. Jamais.

Tor plaça un plateau électronique sur mon écran et commença à m'expliquer un jeu très similaire au backgammon.

On joua donc au tabula pendant plusieurs heures. Puis à un autre jeu similaire aux échecs avec un nom étrange.

Je ne gagnai pas une seule fois. Mais je ne fis pas non plus d'hyperventilation en pensant au fait que j'étais un grain de poussière de l'espace en mission suicide. Donc, je considérais cela comme une victoire.

Rien, cependant, ne pouvait m'empêcher de penser à Darius. Il avait fait son apparition au briefing de la mission aujourd'hui, s'était assis à l'arrière et n'était pas intervenu ou ne s'était pas approché de moi. Ce qui était, techniquement, une victoire, puisqu'il respectait mon désir de ne pas lui parler. Mais une victoire n'avait jamais autant ressemblé à une défaite. Pire, je ne pouvais pas faire taire les souvenirs. Ses caresses. Le son de sa voix. L'odeur qu'il dégageait. Son sourire. Ce que je ressentais quand mon corps éprouvait du plaisir quand il était en moi.

Chaque fois que je pensais à lui, j'avais mal. Dans mon cœur. Dans mon âme. Dans chaque cellule de mon corps. Alors pourquoi je ne pouvais pas m'arrêter de penser à lui ? Pourquoi je ne voulais pas *arrêter* ?

— Parce que tu l'aimes, espèce d'idiote. Tu es tombée amoureuse de lui et tu as tout fichu en l'air.

— Je ne sais pas à quoi tu fais référence, Lily. Comment puis-je t'aider ? demanda Tor.

— Tu ne peux pas m'aider. Je m'excuse. Je me parlais encore à moi-même.

— Bien sûr.

Je souris. Ces deux mots étaient en train de devenir mon moment de détente comique préféré. Je comprenais pourquoi Divi, la Starfighter qui était sa partenaire habituelle, ne lui avait pas ordonné d'arrêter de les prononcer.

— Il reste combien de temps ? J'avais l'impression d'être l'enfant à l'arrière de la voiture, celui qui demande « *on arrive quand ?* » toutes les cinq minutes.

— Dans trois minutes.

— Quoi ?

— Cinq minutes, cinquante-quatre secondes.

— Bon sang ! Tor ! Pourquoi tu ne m'as rien dit ?

— Tu m'as demandé de ne pas en parler avant notre arrivée.

Mon Dieu.

— Eh bien, c'est bientôt. Alors éteins tous ces trucs et donne-moi des images.

— Bien sûr.

Les jeux disparurent et mes écrans s'activèrent. Ma vue avait radicalement changé.

La lune de Xenon était clairement visible, de la taille d'une soucoupe de tasse à thé, directement devant moi.

Derrière, remplissant presque tout mon écran, se trouvait la planète Xenon elle-même.

— À quelle distance est cette lune ? Je pouvais la voir, mais avec mes capteurs et mes communications désactivés, je n'avais aucune grille de navigation ni point de référence autre que la vidéo provenant directement des caméras extérieures du Titan sur mon écran.

— Avons-nous assez de carburant pour l'atteindre ?

— Si mes calculs sont corrects, négatif. Nous sommes bien au-delà de la portée du propulseur, même à pleine capacité.

Eh bien, ce n'était pas une bonne nouvelle, mais c'était ce que Mia m'avait dit lors du briefing. Elle avait dit que cette lune était beaucoup plus grande que celle de la Terre, et que Xenon était encore plus grande.

Dans l'espace, la taille des choses semblait bizarrement sans importance. Tout était si massif que cela dépassait l'entendement. Mais c'était vraiment énorme. Je pouvais la voir, mais il n'y avait aucune chance que je puisse y aller.

— Et si on continuait à avancer ? Je pourrais y arriver ? Utiliser mes propulseurs pour atterrir ?

— Mon blindage externe n'est pas conçu pour survivre à la combustion de plasma qui résulterait de l'entrée dans l'atmosphère de la planète.

— Et sur la lune ?

— Notre trajectoire actuelle ne croise pas l'orbite de la lune.

Ok. Donc, non, non, non et putain de non. On était ici avec nulle part où aller si ce plan de destruction du croiseur ne fonctionnait pas.

— Où est le croiseur ? Tu l'as repéré ?

— Bien sûr.

— Montre-moi. Cette demande était inutile car Tor avait déplacé et agrandi la grille de navigation ainsi que créé un verrouillage de positionnement marqué en vert sur un objet qui semblait avoir la taille de l'ongle de mon pouce sur le moniteur. Mais il grandissait rapidement. J'observai cela en silence, essayai de repérer la forme que l'on m'avait décrite, le vaisseau qu'on m'avait montré dans les briefings de mission.

Nous nous rapprochions. De plus en plus près. Jusqu'à ce que quelque chose de différent de tout ce que j'avais vu auparavant dans l'entraînement remplisse la moitié de mon écran.

— Nous allons impacter le vaisseau ennemi dans deux minutes.

Impact était le mot juste. J'avais craint de le rater, mais le vaisseau était presque aussi gros que la lune de Xenon.

— Ça ne ressemble pas au croiseur que j'ai vu auparavant.

— Correct. Ce n'est pas un croiseur xandraxien.

— Alors qu'est-ce que c'est ? Le vaisseau semblait avoir de multiples nuances de noir, chaque surface reflétant la lumière de Véga dans une direction différente. Il ressemblait à un sablier venu des enfers.

— Un destroyer de la flotte des Ténèbres.

— Qu'est-ce que cela signifie pour la mission ?

— Réponse inconnue. La flotte de Vélérion n'en a jamais rencontré en combat.

— Dis-moi tout ce que tu sais dans les soixante secondes qui arrivent.

— Historiquement, le destroyer a été utilisé par les

opérateurs de la flotte des Ténèbres lors d'invasions planétaires. Le vaisseau est un polygone avec douze sections distinctes. Chaque section est capable de se détacher du noyau et d'attaquer individuellement une fois que le vaisseau atteint sa destination.

— Ce truc se brise en morceaux ?

— Douze vaisseaux d'attaque plus le noyau. Tor continua à parler alors que les pointes individuelles, de longues structures en forme de lame deux ou trois fois plus grandes que les gratte-ciel que j'avais vus lors d'une visite à New York, se rapprochaient de plus en plus.

— Chaque vaisseau d'attaque est un polygone équilatéral doté de systèmes de navigation, de propulsion et d'armement indépendants.

— Tu peux me parler clairement, s'il te plaît ? Ça ressemble à une étoile de compas, mais en plus méchant.

— Je parle ta langue maternelle. Préfèrerais-tu que j'imite votre dialecte ? La question était posée dans l'équivalent informatique d'un ton snob. C'était comme si mon père me faisait la morale. Je frissonnai.

— Non. Pas la peine.

— Bien sûr.

— Est-ce que nous serons capable de détruire ce truc avec les armes que nous avons ?

— Réponse inconnue.

Génial.

— Impact dans soixante secondes.

— Doit-on modifier notre trajectoire ?

— Si ton intention est d'impacter le destroyer, non.

— Est-ce qu'il y a une autre possibilité ?

— Réponse inconnue. Cependant, je ne recommande pas d'activer inutilement les différentes fonctions. La technologie du destroyer est bien plus avancée que celle d'un croiseur xandraxien typique. Ils pourraient détecter notre présence immédiatement.

— Savent-ils déjà que nous sommes là ?

— Négatif.

— Comment est-ce que tu peux en être sûr ? Il ne savait rien d'autre.

— Nous serions déjà morts.

La mort semblait si définitive. Je n'étais pas paniquée en y pensant, mais je réalisai que j'avais des regrets.

J'aurais dû dire à Darius que je l'aimais. J'aurais dû lui donner une chance de s'expliquer. J'aurais dû le mettre à poil hier soir au lieu de bouder dans ma chambre comme une enfant.

C'était trop tard maintenant.

— Est-ce que Dea est arrivée ?

— Réponse inconnue.

Bien sûr, Tor ne le savait pas. Dea avait aussi fait éteindre les fonctions de son Titan. Nous arrivions dans l'obscurité et devions prier pour un miracle.

Je levai les yeux vers le réseau gigantesque de panneaux noirs connectés pour former un des points de l'étoile démoniaque. Ils venaient vers moi plus vite que je ne pouvais le concevoir.

Je ne pouvais pas ralentir. En premier, ils allaient détecter le système de propulsion du Titan. Sinon, ils réaliseraient que les débris spatiaux ne ralentissent pas. Qu'ils ne changent pas de trajectoire.

J'activai les griffes de mon Titan d'emprunt. Je me préparai à la douleur. La combinaison que je portais me garderait en vie, les systèmes internes du Titan protégeraient mon corps de la majeure partie de l'impact.

Mais lorsque nous allions entrer en collision avec l'énorme vaisseau, cela allait quand même faire mal.

— Impact dans trois...deux...un...

Des *miracles*. Au pluriel. J'allais clairement avoir besoin de plus d'un seul miracle. Et Vélérion aussi.

13

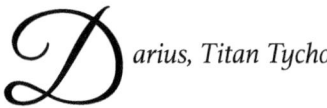arius, Titan Tycho

Je regardai Lily grimper dans son Titan d'emprunt et poussai un soupir de soulagement en constatant qu'elle ne m'avait pas cherché. Enfin, pas moi, mais Dea, la Starfighter qui était censée participer à cette mission.

Dea elle-même m'avait aidé à me faufiler à bord de la navette sous le couvert de de la nuit. Nous avions échangé nos Titans pour qu'elle puisse emmener *Intrepidus* dans sa nouvelle mission sur Vélérion pendant que Tycho et moi prenions sa place ici. Avec Lily. La femme, têtue et magnifique à laquelle j'étais lié.

La séquence de lancement démarra et le Titan quitta le système de rails à une vitesse fulgurante. Je restai dans la salle d'observation et attendis qu'elle confirme ses coordonnées et lance ses propulseurs.

Il n'y avait plus de retour en arrière possible maintenant. Pour aucun de nous.

Elle était à moi. J'avais agi comme un imbécile. Je l'avais humiliée sans me rendre compte de mon erreur. Je lui avais donné l'impression que je n'avais pas confiance en ses capacités alors que c'était le contraire. Elle était forte. C'était une excellente combattante. Téméraire.

Tout comme mon frère l'avait été.

J'étais celui qui était faible. J'avais peur de la perdre. Et pourtant, mon besoin de la garder en sécurité l'avait éloignée de moi, poussée dans la plus dangereuse mission Titan jamais entreprise.

Quelque part à l'extérieur, se trouvaient deux autres navettes avec deux Titans à bord de chacune. Bantia et Ulixes étaient dans l'une d'elles. Un couple que je ne connaissais pas bien dans l'autre. Et si l'une de nos équipes échouait, Vélérion tomberait aux mains de la reine Raya et de la flotte des Ténèbres.

Il y avait peu de choses pour lesquelles j'étais prêt à mourir. Lily était la première. La seconde était ma planète. J'étais prêt à mourir pour mon peuple. Nous ne pouvions pas échouer.

— Chargement, Starfighter. Nous approchons de vos coordonnées de lancement.

Je fis un signe de tête au membre de l'équipage de la navette qui passait et me dirigeai vers Tycho.

Après être monté à l'intérieur, j'attendis que le système de rail me mette en position de lancement. Mon Titan oscilla.

— Starfighter, le chargement a commencé.

— Bien reçu. Prêt à charger.

Je regardai les structures de soutien internes de la

baie de lancement qui oscillaient devant mes yeux. Il n'y avait pas de changement de gravité, ou d'absence de gravité. La seule indication de mon mouvement était le changement de position des parois de la navette.

Je luttai contre l'envie de leur crier dessus pour qu'ils se dépêchent et m'amènent près de Lily mais me retins de parler.

— La séquence de lancement a commencé. Lancement dans dix......five, quatre, trois, deux, un, lancement.

Je fermai les yeux alors que mes écrans d'affichage montraient des bandes de lumière qui défilaient, les minuscules points de lumière des étoiles lointaines étaient devenus des lignes blanches dans ma vision périphérique.

— Tycho, vérifie les coordonnées et la trajectoire de lancement. Confirme notre position et envoie-la à l'équipage de la navette.

Quelques secondes plus tard, mon Titan répondit.

— Trajectoire confirmée. Prêt pour la propulsion.

— Bonne chance, Starfighter. L'équipage de la navette n'était plus qu'un point sur mes écrans.

— Vous aussi. On se voit sur Vélérion. Je vais tout éteindre.

Tycho coupa nos communications et les fonctions non essentielles pour que nous arrivions sur le croiseur avec le moins de bruit détectable possible. Je n'étais pas sûr que le plan audacieux de Mia marche, mais personne n'avait trouvé de meilleur plan, alors tout était préférable au fait de rester assis sur Arturri à attendre que l'armada de la reine Raya vienne détruire toute notre civilisation.

Et puis il y avait Lily. Elle était là quelque part. Seule. En colère contre moi. Blessée. Voilà ce que j'avais fait à cause de mon besoin obsessionnel de la protéger. J'avais besoin de m'excuser, de m'expliquer, de la mettre nue et de la faire jouir encore et encore jusqu'à ce qu'elle me donne une autre chance.

— Darius ? Dois-je lancer les propulseurs ? demanda Tycho. Il attendait silencieusement mon ordre.

— Augmente la puissance de cinq pour cent. Je ne veux pas que Lily soit seule sur ce croiseur.

— Cinq pour cent. Acceptable. Cependant, nos réserves seront en zone rouge.

— Compris. La zone rouge signifiait que j'allais devoir compter sur la chance et les prières si je devais les utiliser à nouveau. La zone rouge convenait généralement pour se redresser ou faire un saut au sol, mais pas pour beaucoup plus.

Je m'en fichais, du moment que j'arrivais à côté de Lily, là où était ma place.

Tycho mit le propulseur en marche et je fixai l'espace pendant le voyage, les yeux ouverts mais ne voyant rien. Mes pensées concernant Lily me consumaient. Les jolies courbes de son corps. La façon dont elle emmêlait ses doigts dans mes cheveux quand je la satisfaisais avec ma bouche. La chaleur humide, torride qu'elle dégageait en serrant ma queue quand elle jouissait. Les bruits qu'elle faisait.

Sa voix. Son sourire. Sa vivacité adorable quand elle parlait. Elle ne ressemblait en rien aux deux autres femmes humaines. Ses paroles étaient claires. Concises. J'aimais la manière dont elle rougissait quand je la taquinais. Et son obsession pour ses livres.

J'avais récupéré les deux qu'elle avait mis au recyclage. J'en avais lu chaque mot la nuit dernière. J'avais dû utiliser ma main plus d'une fois pour assouvir mon excitation alors que les bêtes dominantes de ses histoires revendiquaient leurs femelles humaines. Une revendication avait particulièrement attiré mon attention et j'avais l'intention d'en parler à Lily dès qu'elle me parlerait à nouveau. Quand elle me permettrait de la toucher.

Cette fois-ci, je ne ferais pas les mêmes erreurs. Elle était une Starfighter. Une guerrière d'élite entraînée à se battre pour protéger Vélérion et notre peuple. Je ne pouvais ignorer ses capacités dans le but de la protéger, pas plus que je ne pouvais ordonner au général Romulus d'arrêter d'être un général. J'avais compris cela et décidé de ma seule ligne de conduite possible pour l'avenir.

Je resterais aux côtés de Lily. Pour toujours. À Chaque mission. Nous ferions face à chaque menace, à chaque danger ensemble. Et si elle mourrait, sa vie ne s'éteindrait qu'après que j'aie donné la mienne en me battant pour la protéger.

C'était un choix que j'assumais pleinement.

Le silence s'éternisa pendant de longues heures. Peut-être m'assoupis-je un peu. Peut-être que mes rêveries concernant ma femme firent passer le temps rapidement, mais Tycho m'alerta bientôt de notre arrivée.

— Nous sommes à cinq minutes de notre destination.

— Bien reçu. Donne-moi des images.

Une grille de navigation s'afficha sur mon écran et je fronçai les sourcils. Plissai les yeux.

— Tu as la mauvaise vidéo, Tycho. Passe à une caméra en direct.

— Affirmatif. C'est une caméra en direct.

Quoi. Putain ? C'était impossible.

— Est-ce un destroyer de la flotte des Ténèbres ?

L'écran de la grille de navigation se déplaça et la petite étoile noire que j'avais vue au centre de l'écran s'agrandit pour atteindre la taille de mon visage.

— D'après les éléments fournis par les caméras, il est fort probable que la structure soit un destroyer. Classe sept. Douze mille soldats au sol, quatre cent quatre-vingts chasseurs Scythe. Douze tours d'assaut détachables. Ce sont toutes les données que j'ai. Je ne peux pas confirmer ces données sans scanner le vaisseau. Il n'y a jamais eu de destroyer dans le système Vega auparavant.

Ça, je le savais. Quelle poisse.

— Où est Lily ?

— Indéterminé. Veux-tu que j'active mes scanners ?

— Non ! Putain, non. On mourrait en quelques secondes. Ce n'était pas un croiseur d'un demi-siècle de la flotte de la reine Raya. Ça n'aurait pas été simple dans ce cas de figure mais là, c'était bien pire. C'était un tueur de planète. Douze vaisseaux voyageant ensemble, conçus pour se briser en morceaux, encercler une planète, bloquer toutes les transmissions, brouiller tous les signaux entrants et sortants pendant que leurs canons détruisaient des milliers de cibles au sol. Suivi par une invasion de troupes terrestres avec un soutien aérien. Bien sûr, ils n'enverraient leurs soldats que lorsqu'il n'y aurait plus de résistance.

— On est sur la trajectoire prévue ?

— Oui. Impact dans deux minutes.

— Vega, aidez-moi. On est dans le pétrin là. Je n'étais pas sûr de ce que Tycho comprenait de notre situation, mais je n'eus pas besoin de lui dire d'activer nos griffes ou de resserrer ma combinaison de vol en préparation de l'impact.

— Mets en place un compte à rebours quand nous serons proches.

Je n'eus pas longtemps à attendre.

— Trois. Deux. Un.

Le Titan percuta le panneau noir foncé près d'un point structurel attachant trois des douze pointes au noyau. Je perdis presque connaissance lorsque la force de l'impact nous frappa comme un rocher dans la poitrine malgré les ajustements automatiques de Tycho. Plutôt que de subir un choc frontal, mon Titan roula, les bras mécaniques redirigeant notre corps blindé de manière à minimiser le contact alors que les griffes se mettaient profondément à creuser pour nous ralentir.

Lorsqu'on cessa finalement de bouger, je restai immobile pendant plusieurs minutes, faisant le point sur notre état. J'aurais dû être mort. Mais les ingénieurs, ceux qui concevaient, construisaient et programmaient nos Titans, avaient réussi un miracle et étaient parvenus à faire monter mon Titan sur ce vaisseau sans me tuer.

Je leur offrirais à tous un verre si je revenais vivant.

Avec un gémissement que je ressentis jusque dans mes os, j'ancrai les griffes de mon pied profondément dans la surface du vaisseau, me redressai pour jeter un coup d'œil autour de moi et déclenchai les magbots qui avaient été conçus pour nous empêcher de dériver dans l'espace.

Je me trouvais près du point de connexion central de trois tours d'assaut qui s'élevaient. Chacune était noire, plus haute que ce que je pouvais voir, et chaque facette était bordée de trop de canons à énergie pour que je puisse les compter précisément. Chacun de ces canons était facilement trois fois plus gros que tout ce que nous avions sur la *Resolution*. Comparé à ce vaisseau, mon Titan était comme un microbe se levant pour inspecter une montagne.

— Tycho, tu me reçois ? Le général Aryk va vouloir toutes les informations qu'on peut lui fournir sur ces vaisseaux.

En supposant qu'il soit encore en vie dans quelques heures. Mais je gardai cette pensée pour moi.

— Confirmé. J'enregistre et archive toutes les données.

Eh bien, c'était déjà quelque chose.

— As-tu trouvé Lily ?

— Négatif.

Je devais la retrouver. Maintenant que je savais contre quoi elle—nous—nous battions, travailler en équipe allait être plus important que jamais.

— Avons-nous assez de puissance de feu pour détruire ce vaisseau ?

— Négatif. Cependant, si le Titan Bellator a conservé toutes ses munitions, la force combinée pourrait faire des dégâts importants si les charges étaient placées stratégiquement.

Mes craintes se confirmaient.

— Garde ça en mémoire. Je vais grimper, remonter plus haut. Notre priorité numéro un est de localiser le Bellator.

— Bien reçu.

En utilisant les griffes de mon Titan, je grimpai vers un canon à énergie à environ un tiers de la façade de la structure.

— Stop, Darius. J'ai localisé le Bellator.

— Où ça ?

Tycho remplaça le signal de ma caméra par une vue panoramique et zooma sur le mouvement d'une tour voisine. Lily était là-bas, en train de courir.

Quelques secondes plus tard, je la vis, bondir, se propulser sans aucune griffe vers le noyau.

— Lily !

Putain, qu'est-ce qu'elle faisait ?

Et puis, je vis les drones d'attaque qui la poursuivaient.

— Est-ce qu'on sait quelque chose sur ces drones ? Mon calme ne tenait qu'à un fil. Je devais faire confiance à Lily. Elle avait toujours eu raison depuis le début.

Tycho changea de nouveau ma vue pour se concentrer sur l'extrémité de la structure que j'avais escaladée.

— Négatif. Je pense qu'ils sont programmés pour enlever les débris et réparer la coque si le vaisseau subit des dommages.

— Tu penses, tu ne sais pas.

— Je fais une supposition. Mais nous le saurons bien assez tôt.

Je levai les yeux et aperçus une demi-douzaine de drones qui se rapprochaient. Et je venais de perdre Lily de vue.

Elle avait disparu.

14

ily

— C'est quoi ces trucs ? J'envoyai deux autres coups de pied dans ces créatures métalliques qui se trouvaient à hauteur de genou et les propulsaient dans l'espace comme des ballons de foot. Mais plus j'en combattais, plus elles apparaissaient comme par magie. Et pour être à hauteur de genoux d'un Titan ? Eh bien, je supposais que chacune de ces choses avait presque la taille d'un cheval de concours.

— Indéterminé. Cependant, ils semblent croire que nous sommes des débris à retirer de la surface du vaisseau.

— Sans blague. Je pris un des chevaux robots réparateurs et le jetai dans l'espace. Tu es sûr que je ne peux pas juste les écraser ?

— Bien sûr. Une destruction ou une attaque déclencherait très probablement une alarme.

— Comment savent-ils que je ne fais pas partie du vaisseau ? Je resserrai les jambes du Titan et sautai vers la tour opposée pour gagner du temps. Déployant ma pince pour m'agripper, je me hissai jusqu'à ce que mes magbots finissent le travail et m'attachent à la surface du vaisseau.

Je regardai en arrière et vis que les robots en face de ma position avaient commencé à se disperser. Cependant, quand je regardai vers le haut de ma position actuelle, j'aperçus un nouvel essaim qui s'était rassemblé en réponse à mon atterrissage et se dirigeait vers moi.

—Tor ? Nous devons faire croire à ces choses que nous faisons partie du vaisseau.

— Je réfléchis à ce problème.

— Travaille plus vite.

— Je travaille actuellement au maximum de mes capacités. Ta demande est rejetée.

— Bien sûr.

Je n'avais pas pu me retenir. Je commençais à croire que le sarcasme n'était pas réservé qu'aux humains.

Quelques secondes avant que ce nouvel essaim ne m'atteigne, je sautai à nouveau. Je ne pouvais pas continuer comme ça éternellement. J'avais besoin d'un plan. Et j'avais besoin d'aide.

— Aucun signe de Dea ?

— Non.

— Bien sûr que non.

— C'est une réponse très ennuyeuse.

— Ah bon ?

— Bien sûr.

Je fis un autre saut, cette fois vers l'un des points d'assemblage principaux qui reliaient trois des tours. Qui formaient des vaisseaux. Des points de l'étoile démoniaque, du monstre destructeur de planète que je devais tuer. Peut-être que si je pouvais descendre sous la surface, les robots de réparation m'ignoreraient.

— Tor, je vais ramper à l'intérieur. Peut-être qu'ils nous laisseront tranquilles.

— C'est dangereux, Lily. Si les vaisseaux commencent à se détacher, nous serons écrasés instantanément.

— Tu as une meilleure idée ?

Le silence de Tor en disait long.

— Je m'en doutais.

Je courus vers le bord du vaisseau et fis glisser le Titan sur le ventre pour pouvoir ramper sur le rebord et jeter un coup d'œil aux alentours. Il ne fallait surtout pas que je me retrouve dans une situation encore plus périlleuse. Je ne savais pas comment ce serait possible, mais je restai une éternelle optimiste.

Alors que les hanches de mon Titan glissaient sur le coin arrondi de la tour, je levai les yeux en apercevant un mouvement.

— Tor ! Regarde ça ! En utilisant les protocoles de suivi dans mon casque, je lançai mon radar sur le mouvement.

— Agrandir.

Je voulus crier de joie quand je reconnus le corps du Titan qui se dirigeait vers moi.

— Ce n'est pas Intrepidus.

— Quoi ? Alors qui est-ce ? demandai-je, mais je le savais déjà.

— C'est Tycho.

— Darius.

J'attendis d'être sûre qu'il se dirigeait effectivement vers moi et ne courait pas au hasard dans ma direction, puis j'agitai un bras et me glissai sous la coque supérieure du destroyer dans le point d'assemblage du vaisseau.

Quelques secondes plus tard, Tycho sauta d'en haut et se retrouva à côté de moi.

— Tor ?

— Ton hypothèse était correcte. L'essaim semble être confus.

— Dieu merci.

— Dois-je établir une communication laser directe avec le Titan Tycho ?

Étais-je prêt à parler à Darius ? Ici ? Maintenant ?

— Oui. Dépêche-toi.

— Lien établi.

En un rien de temps, le visage de Darius remplit mon écran de communication. Ses cheveux noirs, ses yeux inquiets. J'avais envie de l'embrasser. De le serrer dans mes bras. De l'amener au lit et ne plus jamais le laisser partir.

— Darius ? Je savais que c'était stupide, irrationnel et complètement fou, surtout suspendue par l'un des bras de Tor à un mètre de la corniche, mais j'utilisai le bras libre de Tor pour attraper Tycho et étreindre sa structure massive.

— Lily ? Es-tu blessée ?

— Je suis tellement désolée. Je sais que tu essayais seulement de me protéger. J'aurais dû te parler au lieu de partir comme une furie.

— Non. Tu avais raison. Mon comportement était

inexcusable. Tu es une force de la nature, Lily. Une guerrière. Je suis tombé amoureux de ton intrépidité quand on s'entraînait ensemble. Quand tu m'as choisi, tu m'as sauvé. Et la première chose que j'ai essayé de faire, ça a été de t'enfermer dans une cage.

Je pleurais maintenant. Quelle nulle. Je relâchai mon emprise sur Tycho mais il restait près de moi.

— Qu'est-ce qu'on va faire ? Ce n'est pas un croiseur.

Sur mon écran, Darius semblait regarder autour de lui, analyser le vaisseau.

— Non, en effet.

— Tu penses que les deux autres équipes ont également affaire à une étoile démoniaque ?

— Une étoile démoniaque ? Il me fit un sourire.

— J'aime cette expression.

— Je suis sérieuse.

— Il n'y a rien qu'on puisse faire pour eux. La seule chose qu'on puisse faire, c'est achever notre mission.

C'était vrai. Totalement vrai. Mais j'étais très inquiète pour Bantia, Ulixes et l'autre équipe. Je ne les connaissais pas, à part qu'on les avait présentés brièvement au briefing de la mission, mais j'avais l'impression que nous étions tous dans le même bateau. Comme si, d'une certaine manière, nous étions cosmiquement liés. C'était stupide et fantaisiste, mais je ne pouvais pas me débarrasser de ce sentiment.

— Comment allons-nous détruire cette chose ? J'ai demandé à Tor de faire les calculs. Nous n'avons pas assez de puissance de feu explosive pour le détruire. Et à la seconde où quelque chose clochera, cet espèce de truc se divisera en morceaux et il n'y aura rien que nous puissions faire pour les arrêter.

— Je sais. Je réfléchis. Darius ferma les yeux.
— J'accepte tes excuses Darius.
— J'accepte aussi les tiennes.
— Je t'aime.
Il ouvrit les yeux.
— Lily.
— Ne dis rien. J'avais juste besoin de te le dire, au cas où... Autour de moi, j'observais la profonde crevasse bordée de poutres et de panneaux massifs qui pouvaient nous écraser en quelques secondes.
— Ne parle pas de la mort. Je vais tout faire pour que rien ne t'arrive.
— Alors on a intérêt à trouver une solution ou on sera les premiers de la série.
— Si je peux me permettre ? Le ton calme de Tor m'interrompit. J'avais complètement oublié qu'il était là. Ce qui était insensé parce que je me baladais littéralement dans son corps de Titan comme un bébé dans la poche de la maman kangourou.
— Vas-y, Tor. Qu'est-ce que tu as trouvé pour nous ? J'adorais Athéna, mais j'avais appris à respecter l'intelligence et l'expérience de Tor au cours des dernières heures. Athéna était brillante et jeune, mais Tor avait survécu à des choses que mon Titan n'était même pas en mesure d'imaginer.
— J'ai inspecté le mécanisme par lequel les douze vaisseaux satellites se détachent du noyau.
— Attends, Darius peut t'entendre ?
— Bien sûr.
— Continue.
Si une IA avait pu s'éclaircir la gorge, le son étrange de Tor venait de faire en était l'équivalent.

— Je pense que si nous pouvons verrouiller quatre nœuds d'assemblage stratégiquement situés et ainsi verrouiller les vaisseaux tous ensemble pendant une courte période, déployer une frappe initiale pour initier le détachement, et faire exploser toute nos armes alors que les articulations sont soumises à un stress maximal, cela peut être suffisant pour mettre leurs vaisseaux en pièces.

— Seulement quatre ? Il y a douze de ces pointes. Douze vaisseaux géants, de la taille d'un immeuble, tous attachés au centre comme les pointes d'une flèche.

La voix de Tycho se joignit à la conversation pour la première fois et sa voix si familière me fit pleurer à nouveau.

— Quatre points d'assemblage suffiront.
— Salut Tycho.
— Notre Lily. Bonjour.

Notre Lily ? Il ne m'avait jamais appelé comme ça avant. Ça me plaisait.

— J'ai analysé le plan de Tor. Je crois qu'il est correct. Si nous pouvions réussir à faire subir une torsion extrême aux points d'assemblage, avant la détonation, la force supplémentaire devrait être suffisante pour causer des brèches dans la coque de chacun des douze vaisseaux d'attaque ainsi que dans le vaisseau de commandement central.

Darius venait de passer de l'inquiétude à la férocité. Il était déterminé :

— Et ce vaisseau est un dodécaèdre. Chaque articulation relie trois sections. Donc, si nous faisons en sorte de choisir une articulation pour chacune des douze, nous serons en mesure de toucher tous les vaisseaux d'attaque depuis quatre emplacements centralisés.

— C'est exact.

J'étais perdue, un dodéca-quoi ? Je détestais les maths et la géométrie. Mais j'étais très douée pour faire exploser des trucs de l'intérieur d'un Titan. J'étais encore meilleure pour manipuler le métal avec les mains nues de mon Titan. Et je voulais rentrer chez moi. Je voulais survivre.

Je voulais Darius.

— On doit faire ça. Tycho. Où est-ce qu'on commence ?

— Cet endroit est aussi bien qu'un autre.

Darius et moi nous retournâmes pour être en face de l'enchevêtrement de poutres et de joints qui constituait le système de liaison et de lancement du vaisseau.

— Montre-nous la marche à suivre.

Tycho plaça des marqueurs sur ma grille de navigation et on se dirigea vers le premier emplacement, une confluence de trois poutres gigantesques à la base centrale de trois tours d'attaque distinctes. Chaque poutre provenait d'un côté de la structure triangulaire géante au-dessus de nous.

— C'est la numéro un ? confirma Darius.

— Oui. J'ai marqué les tours sur vos grilles de navigation. Cet agrégat est l'agrégat alpha et ce point d'assemblage est le point numéro un.

Je regardais ma grille de navigation et étudiais l'affichage. Tycho avait attribué un code couleur et divisé les tours en quatre sections et marqué le point d'assemblage que trois d'entre elles partageaient, il l'avait indiqué avec une lumière rouge qui pulsait sur mon écran. Quatre lumières clignotantes. Quatre endroits pour empêcher les vaisseaux de se détacher. Et quatre endroits pour poser des bombes.

Maintenant que nous avions un plan, j'étais décidée à agir rapidement et à sortir d'ici.

J'attachai ma griffe à une poutre toute proche pour ne pas flotter et étudiai le fatras de connexions, de panneaux et de points d'assemblage devant moi.

— Dis-moi ce qu'il faut faire, Tor. Comment devons-nous procéder pour empêcher cette chose de se détacher du noyau ?

Des poutres spécifiques avaient été mises en évidence sur mes moniteurs, ainsi que des flèches indiquant les zones nécessitant une attention particulière.

— Alors, qu'est-ce qu'on fait ? On les casse ? Je n'étais pas sûre de la façon dont nous allions le faire sans alerter le vaisseau de notre présence, mais nous étions à court d'options.

— Non. On les plie. Juste assez pour empêcher le bon fonctionnement du système du rail.

Darius s'était déjà mis en position pour s'occuper de la première cible, l'énorme corps de Tycho enveloppait la poutre. Il appuya ses jambes sur le panneau du dessous et tira.

Au début, il ne se passa rien. Puis, lentement, je vis un mouvement, aperçus que le centre de la poutre se courbait, là où Darius avait enroulé ses bras.

— Est-ce que c'est suffisant ? Sa voix empreinte de tension me rappelait la seule autre fois où je l'avais vu aussi concentré et essoufflé. Cette fois-là, c'était moi qu'il avait plié et brisé en un tas de morceaux orgasmiques.

Je n'en aurais jamais assez.

— Recule, s'il te plaît. Tor attendit que Darius abandonne la structure et la scanna à nouveau.

— Oui. Je pense que cela créera suffisamment de tension sur les articulations pour augmenter l'impact de nos explosifs.

— Super. Où est la prochaine ?

Darius se déplaça vers la deuxième poutre reliée au point central que Tor avait choisi comme cible. Je me déplaçai vers la troisième position et me mis à tirer dessus. À tordre. Je donnais tout ce que j'avais jusqu'à ce que mes muscles brûlent.

Tor était un Titan. Je ne savais pas si mon effort supplémentaire avait un quelconque effet, mais je n'allais pas prendre de risques.

Quelques minutes plus tard, Tor nous donna le feu vert pour attacher les bombes que nous portions. Il avait indiqué le lieu où les placer pour qu'elles aient le maximum d'effet.

— Ensuite ?

Une nouvelle série de cibles apparut sur ma grille de navigation.

— C'est de l'autre côté du vaisseau.

— Chaque cible est équidistante.

Plus de géométrie.

— Bien. Comment allons-nous y arriver au cours de ce siècle sans utiliser nos propulseurs ? Je jetai un coup d'œil à ma pince et à la corde qui reliait la pince à mon Titan.

— J'ai une idée.

— Ah, oui, mon amour ?

— Tu as déjà joué à saute-mouton quand tu étais petit ?

— Je n'ai jamais sauté sur un mouton.

Je tendis l'extrémité de ma pince jusqu'à Tycho et détendis la corde attachée pour qu'elle soit à sa longueur maximale.

— Ne lâche pas.

— Ne t'inquiète pas.

Avec ça, j'utilisai la puissance de Tor pour me propulser dans l'espace jusqu'à ce que la corde soit tendue et m'arrête dans mon élan. Cet arrêt brutal me fit reculer, vers Darius, mais j'attrapai une poutre et passai mes bras autour. Mes jambes, aussi.

— À ton tour.

— Ne me lâche pas.

— Jamais, Darius. Tu es à moi.

Darius courut à toute vitesse, puis bondit en avant, son Titan se déplaçant vers moi à une vitesse hallucinante.

— Je te rappellerai ce que tu viens de me dire, ma femme.

Il me dépassa et je me préparai pour le coup sec que je sentirais quand il atteindrait le bout de la corde.

Quelques instants plus tard, c'était à nouveau mon tour, nous avions déjà réussi à parcourir une distance significative.

— Ça va marcher.

— Bien sûr que ça va marcher.

On passa les heures suivantes à sauter l'un après l'autre sur tout le vaisseau ennemi. Je ne savais pas à quel point nous étions proches de Xenon, de Vélérion ou de la guerre. Mais nous avancions aussi vite que possible et priions pour que le plan de Tor fonctionne.

Quand la dernière poutre fut sabotée et chargée avec

le reste des bombes, j'entendis Darius prendre une profonde inspiration.

— Allez. Accroche-toi à moi.

— C'est quoi ton plan ? demandai-je, en mettant Tor à la portée de Tycho. Darius et moi enroulâmes les bras des Titans l'un autour du corps de l'autre. Je le tenais fermement.

— On se barre de ce vaisseau et on prie pour que ton amie Mia soit aussi compétente dans son travail que tout le monde le dit.

— C'est le cas. Je la connais. Elle va nous trouver.

— Tu lui fais confiance ?

— Je mettrais ma vie entre ses mains. Et la tienne, Darius. Elle va nous trouver. Je voulais le serrer dans mes bras, être peau contre peau. Sentir sa chaleur. Respirer le même air que lui. Tout ce que je pouvais faire, c'était regarder son visage sur un écran.

— Très bien. C'est ta décision. Je te fais confiance.

Et ils venaient de les prononcer, ces paroles que j'avais souhaité entendre toute ma vie. Alors même que je souriais de bonheur, je réalisai que je n'en avais pas besoin. Je n'en avais plus besoin. Je savais qui j'étais et ce dont j'étais capable. Je n'avais pas besoin que qui que ce soit me dise ce que je pouvais ou ne pouvais pas faire, qui j'étais. Ce que je valais. Je prenais mes propres décisions. Personne d'autre.

— Je t'aime.

— Tu me l'as déjà dit.

— Tu en as marre de l'entendre ?

— Non. Jamais. Mais je préférerais que tu sois nue et à bout de souffle quand tu le dis.

— Bien sûr. Je commençais à voir l'attrait presque

infini de la réponse favorite de Tor. Elle avait tant de nuances de sens.

— Si vous avez fini tous les deux, j'ai réglé les systèmes de détonation sur actif. Dès que les poutres ressentiront une tension accrue suite à une opération de détachement, cela déclenchera une réaction en chaîne. Si ça ne marche pas, j'ai réglé une minuterie sur l'explosif initial pour déclencher l'opération dans dix minutes. Nous devons y aller, dit Tor.

— Bien reçu. Darius me regarda, ou plutôt, fixa directement son écran.

— Prête ?

— Toujours prête.

— Magboots désactivés et saut maximum dans trois...deux...un...saut !

Tycho et Tor s'occupèrent de désactiver nos magbots tandis que nous utilisions chaque once de puissance que nos Titans possédaient pour bondir loin du vaisseau et dans l'espace.

Accroché l'un à autre, on commença à flotter et s'éloigner tandis que le destroyer continuait son voyage.

— Tu crois que les autres s'en sont sortis ?

— Oui.

— Je le pense aussi. J'avais un bon pressentiment. Si nous avions trouvé une solution, il fallait que je croie que les autres Starfighters d'élite en avaient également trouver une.

— Lily ?

— Oui ?

— J'ai lu tes livres hier soir.

Oh. Mon. Dieu.

— Je les ai jetés.

— Je savais qu'ils étaient importants pour toi. Je les ai récupérés.

— Et tu les as lus ? Pourquoi est-ce que tu as fait ça ?

— J'essayais de comprendre ce que je n'avais pas fait correctement. Ce dont tu avais besoin.

Oh merde.

— Je n'ai pas besoin d'une bête d'Atlan, Darius. Pas quand je t'ai toi.

— Je vais faire en sorte que ce soit le cas.

— Alors ? Pourquoi tu me dis ça maintenant ?

— Je veux te poser une question sur une partie de l'histoire.

— Quelle partie ?

— Est-ce que tu aimes le gâteau au chocolat et le cheesecake à la cerise ?

Putain de merde. Il les avait *vraiment* lus.

— Est-ce qu'il y a du chocolat au moins sur le Vélérion ? Ou des cerises ?

— Je trouverai un moyen d'en trouver. J'aimerais beaucoup faire comme ce Rezzer et goûter tes desserts préférés directement sur ta peau. Et ta chatte.

Il faisait chaud ici, non ? Qu'est-ce que j'étais censée répondre à ça ?

Dis-lui oui, idiote.

— Ok. Oui. Ça me plairait bien.

— Excellent.

J'aurais aimé qu'il me dise qu'il m'aimait aussi, mais je pouvais attendre. Je n'avais pas besoin d'une quelconque reconnaissance venant d'une tierce personne. Plus jamais. Je pouvais l'aimer et ne plus m'inquiéter du reste.

Ce sentiment était sacrément libérateur.

On flotta en silence pendant ce qui semblait être des heures mais ce ne devait être que quelques minutes avant que la voix de Tor n'interrompe mes pensées concernant Darius en train de lécher le glaçage au chocolat de mes tétons et le sirop de cerise sur ma ...

— Détonation dans cinq secondes. Quatre. Trois. Deux. Un.

L'explosion sembla faible. Décevante. On aurait dit une petite lueur plutôt qu'une explosion.

— C'était un échec, dis-je.

— Attends, dit Darius et je me mordillai l'intérieur de la joue pendant que Tor agrandissait notre vue du vaisseau ennemi.

Au début, rien ne se passa. Il n'y avait aucun son dans l'espace, mais j'imaginais que j'entendais les poutres courbées sur les systèmes de rails du vaisseau, elles devaient grincer et gémir de tension alors que l'énorme vaisseau tentait de se briser suite à l'explosion. Ils devaient croire qu'ils étaient attaqués.

Rien.

— Tu es sûr qu'ils vont procéder au détachement, Tor ? Ce n'était pas une petite bombe mais c'est quand même un très gros vaisseau.

— La séparation des tours est la procédure standard lorsqu'un destroyer subit une attaque.

J'espérais vraiment, vraiment qu'il avait raison.

Le premier signe de perturbation fut un petit flash près du noyau. Puis un autre. Et un autre.

Je poussai un cri de joie lorsque le vaisseau s'illumina comme une guirlande de Noël et que les morceaux, les tours, se détachèrent, crachant du feu et de l'énergie qui les propulsèrent dans des directions aléatoires, incontrôlables.

Deux entrèrent en collision. L'explosion de lumière me fit fermer les yeux.

L'onde de choc nous enveloppa et nous projeta plus loin dans l'espace, plus vite encore que le système de lancement sur rails à l'intérieur des navettes de Vélérion.

Darius et moi nous accrochâmes l'un à l'autre, le sourire aux lèvres.

— Ça a marché, dis-je.

— Bien sûr, répondit Tor.

Cette fois-ci, j'étais sûre qu'il venait de prendre une tonalité prétentieuse.

Maintenant, la priorité était ce sauvetage que Mia nous avait promis. Nous avancions rapidement, dans la mauvaise direction, au milieu d'un champ gigantesque formé des débris de ce destroyer.

— Combien d'air te reste-t-il ? demandai-je.

— Suffisamment.

— Bon sang, Darius. Arrête d'essayer de me protéger.

Il me restait moins de vingt minutes.

— Dix minutes. Peut-être quinze.

— Tor, relie ton alimentation en air à celle de Tycho.

— Lily, non !

— Ne discute pas ! Si tu meurs, on meurt tous les deux. Tu comprends ? On est dans le même bateau pour cette mission. Tu ne peux pas me traiter comme une enfant. Je suis une Starfighter, Darius. Tout comme toi.

— Non. Tu n'es pas comme moi, ma Lily. Tu es bien meilleure que moi et tu le seras toujours.

— Ok. Alors arrête de tergiverser. Tor ?

— C'est déjà fait, Lily.

— Bien, merci. J'essayais de rester calme, de préserver l'approvisionnement en air. Paniquer ne servirait à rien. J'avais suivi un entraînement de plongée sous-marine et je savais que la pire des choses était de paniquer.

— Allez, Mia. Allez !

— Je t'aime, Lily.

— Tais-toi. Tais-toi. On ne va pas mourir ici.

Darius éclata de rire et le son que cela produisit me fit sourire à mon tour.

— Je t'aime aussi. Et tu ne vas pas mourir et m'abandonner. Je veux ce chocolat et ce cheesecake.

— Il y en avait un autre. Un homme qui s'appelle Dare. Ça ressemble beaucoup à mon nom, mais lui et sa compagne portent un collier bizarre. Il a attaché sa compagne pour pouvoir savourer son intimité pendant une longue période sans interférence.

Si je ne suffoquais pas à cause du manque d'oxygène, je m'enflammerais à cause des nouvelles connaissances de Darius concernant le contenu de mes romans d'amour.

Peut-être que je ne traquerais pas l'auteure si je retournais un jour sur Terre. Peut-être que je la remercierais à la place. Les aliens torrides et sexy existaient vraiment. Et celui-là était à moi.

— Mia ! Où es-tu ?

La voix posée de Tor me fit sursauter. Je l'avais oublié. Encore une fois.

— J'ai réactivé nos communications et nos scanners. Une navette en provenance de Vélérion se rapproche de notre position en ce moment. Arrivée estimée dans quinze minutes.

— Ce n'est pas assez rapide.

Darius avait raison. Nous ne tiendrions pas aussi longtemps.

— Tor, on a encore du jus dans les propulseurs ?

— Oui. Très peu. Moins de cinq pour cent.

— Rapproche-nous à cinq pour cent de cette navette.

— Bien sûr.

15

Lily, base lunaire d'Arturri, trois jours plus tard

Nous étions vivants. Nous étions nus. Les autres équipes Titans avaient réussi et la flotte des Ténèbres avait officiellement retiré son soutien à la revendication de la reine Raya sur le système Vega.

La guerre avait pris un tournant en notre faveur. Pour la première fois depuis l'attaque initiale de la reine Raya, Vélérion venait de *remporter la manche.*

On m'avait remis une médaille. À Darius, aussi. Je m'étais sentie comme un paon au zoo quand ils avaient aligné les trois Terriennes avec leurs hommes Starfighter et avaient accroché des médailles de la taille d'une assiette autour de nos cous. J'avais été choquée quand un homme en robe—il ressemblait plus à un moine qu'à un politicien—avait annoncé fièrement qu'au moins une douzaine d'humains supplémentaires avaient presque terminé les simulations d'entraînement. Douze autres terriens seraient bientôt en route. Il n'avait pas précisé si les nouveaux Starfighters étaient des hommes ou des femmes, d'où ils venaient ou leur âge.

Rien de tout cela n'avait d'importance s'ils savaient se battre, voler, ou pirater les circuits des vaisseaux ennemis.

Les dirigeants de Vélérion avaient également donné des médailles aux concepteurs de la simulation d'entraînement. J'avais cru que les intellos de l'informatique étaient les mêmes dans tout l'univers. Mais non. Ces programmeurs, ingénieurs et concepteurs étaient sexy. Même les femmes, et d'habitude je ne faisais pas attention aux femmes.

Tout le monde avait été de bonne humeur. Ils nous avaient remis nos médailles, organisé un festin suivi d'une danse—je ne connaissais aucun des pas, Darius m'avait pris en charge pour me faire tourner dans la pièce —et les Vélérions manifestement influents ou riches qui avaient été présents m'avaient également guidée.

Il semblait que les attitudes pompeuses, les cérémonies et le léchage de cul existaient partout.

Je ne me souciais pas des formes en tourbillon brillantes que Darius avait insisté que nous accrochions à notre mur. C'était l'emblème des Starfighters et il était assorti aux tourbillons noirs que nous avions tous au cou. C'était tout ce qui m'importait. J'avais remporté le prix que je voulais.

Lui.

Je m'assis sur le bord de notre lit et tendis la main vers lui. Il s'agenouilla sur le sol devant moi, nos visages étaient presque parfaitement alignés. Darius se pencha en avant et me toucha la mâchoire.

— Je ne serai pas doux. J'ai besoin de toi.

Il m'embrassa à ce moment-là, si doucement, si gentiment que ses mots mirent plus de temps qu'ils n'auraient dû pour que je réalise ce qu'il disait.

Est-ce que je voulais qu'il soit doux ? Parfois, oui. Mais pas à ce moment-là. À cet instant précis, j'avais besoin d'un acte sauvage, brutal et désespéré. C'était la première fois que nous étions vraiment seuls dans notre propre espace depuis notre retour de mission.

Je ne voulais pas de douceur ou de lenteur. Je voulais qu'il me baise à fond et me fasse oublier mon propre nom. Je voulais du sexe bestial. Ne plus penser. Être emportée.

Je voulais qu'il se perde dans le plaisir, qu'il s'enfonce dans mon corps et qu'il ne veuille plus en sortir.

Rien que le fait d'y penser me faisait ressentir des choses dans ma chatte. Mon Dieu, oui, je voulais qu'il me prenne. Qu'il me marque. Je voulais que mes ongles laissent des marques sur sa peau pour qu'aucune autre femme n'ose penser à prendre ce qui était à moi. Je voulais me sentir possédée. Adorée. Aimée. Je voulais fermer les yeux et tout lui donner.

— Je ne veux pas de douceur. J'ai besoin de toi aussi.

Avec un gémissement qui ressemblait à de la douleur, Darius écrasa ses lèvres contre les miennes, sa langue me taquina et me goûta comme s'il ne pourrait jamais en avoir assez.

Je sentis ses énormes mains remonter sur moi, se poser sur ma nuque, me maintenir en place pour son baiser, pour me posséder.

Alors que je haletais, prête à défaillir, il retira ses lèvres des miennes.

— Allonge-toi sur le lit. Sur le ventre. Je veux jouer.

Impatiente de voir ce qu'il avait en tête, je grimpai sur le lit et m'installai sur le ventre.

— Écarte les jambes, Lily. Laisse-moi voir ce qui est à moi.

Oh, mon dieu. Je connaissais cette partie de l'histoire. Je l'avais probablement lu au moins une douzaine de fois. Et je savais que je n'étais pas censée lui obéir assez vite. Je savais ce qui allait arriver...

Comme prévu, une claque brutale atterrit sur mes fesses nues. La douleur se répandit comme une traînée de poudre et je haletai quand la chaleur se propagea jusqu'à mon intimité. Comme il me le demanda, j'écartai un peu plus les cuisses, mais Darius, conformément au rôle qu'il jouait dans notre jeu, utilisa ses deux mains pour m'écarter les genoux. Il prit un gros oreiller dans la pile près de la tête du lit et me souleva les hanches pour le faire glisser sous moi.

Je réprimai un petit gémissement en essayant d'imaginer de quoi nous avions l'air. Ensemble. Lui, en érection et prêt, en position pour prendre ce qui lui revenait de droit et sans aucune pitié.

Je comprenais ce que Hannah ressentait dans le livre. Comme elle, j'étais complètement à sa merci. J'avais le cul en l'air, j'étais bien en vue dans la pièce bien éclairée. Ma chatte était ouverte et l'attendait. Affamée. L'air frais n'atténuait en rien la chaleur de la pièce.

— Tu es si jolie, Lily. Si mouillée. Gonflée. Es-tu sensible ? Darius me frotta les fesses avec ses deux mains, puis m'ouvrit assez pour mettre mon intimité en évidence. Ses doigts passèrent dans ma cyprine mais ne me procurèrent aucun soulagement. Il me taquinait et mon corps s'enflammait partout où il me touchait.

Deux gros doigts glissèrent en moi et cette invasion soudaine me fit crier.

— Qui est ton maître maintenant, ma compagne ? Il me baisa avec ses doigts jusqu'à ce que je gémisse et que je pousse contre sa main. Ta chatte est si humide que je pourrais te baiser maintenant, te prendre vite et fort et tu me supplierais pour en avoir plus.

— Oui.

Putain. Comment faisait-il pour se souvenir exactement de ce qu'il devait me dire ?

Il ne me faisait pas mal, mais il n'était pas doux. Je ressentis le moment où mes muscles internes s'ouvrirent pour lui. Il glissa trois doigts profondément, rapidement en moi dans un mélange de plaisir-douleur qui extirpa un gémissement de ma gorge. Puis, Darius déplaça ses doigts à l'intérieur de moi, il faisait des mouvements de va-et-vient doucement, sans me baiser, mais en me taquinant, en jouant avec moi, en m'explorant. Il me poussa à la limite de la raison jusqu'à ce que je prenne conscience que j'allais le supplier d'en faire plus. J'en voulais plus. Voulais qu'il prenne plus. Qu'il prenne tout ce qu'il désirait.

Sa main atterrit sur mon cul, provoqua en moi une douleur aiguë et je glapis.

— Ça, c'était parce que tu m'as quitté, Lily. Parce que tu as nié ton besoin de moi. Parce que tu m'as empêché de te protéger.

Oh, ce jeu de rôle devenait un peu trop réel.

— Je n'ai pas besoin de toi pour me protéger.

Il se pencha vers moi, sa poitrine recouvrait mon dos, et il me murmura à l'oreille.

— Je sais que tu n'as pas besoin de ma protection, mon amour. Mais c'est mon droit de faire tout ce que je peux pour te garder en sécurité. Tu ne m'en empêcheras plus jamais. Tu ne me laisseras plus en plan. Tu n'en choisiras plus jamais un autre pour être à tes côtés.

Je l'avais blessé en partant avec Dea au lieu de le choisir. J'en prenais conscience maintenant. Je l'avais blessé profondément.

— Je suis désolée. Je ne cachais ni mes émotions ni mes besoins. Je l'aimais. J'étais qui j'étais et il l'avait accepté. Je t'aime. Je ne partirai plus jamais sans toi. Jamais. S'il te plaît.

J'avais besoin de la libération de la jouissance. Du plaisir. J'avais besoin de *lui*.

La tension dans mon corps était si forte que même le contact de la literie toute douce qui frottait ma peau était trop intense. Il me submergeait. C'était presque douloureux.

— Tu es désolée ? Tu n'oublies pas quelque chose ? Il déplaça sa bite en érection et la remplaça par deux doigts alors que son autre main atterrissait sur mon autre fesse avec une douleur intense.

Oublier ? Mon Dieu, qu'est-ce que j'avais oublié ?

— Quoi ? criai-je.

Il me frappa à nouveau les fesses, me donnant la fessée que j'avais demandée, comme certains des héros de mes romans érotiques avaient l'habitude de le faire.

Je ne savais pas si j'allais aimer ça, mais nous jouions à un jeu.

Et cette douleur sur mes fesses était incroyablement

sexy. Elle se répandait comme un feu dans tout mon corps.

Darius frotta mon cul nu tandis que son pouce s'occupait de mon clito et le frottait lentement d'avant en arrière. Trop lentement. J'avais besoin de davantage de stimulation pour avoir un orgasme, pas de ça. Je remuai les hanches, essayai de le forcer à bouger, et sa paume atterrit à nouveau.

— Lily, quand nous serons dans notre logement de fonction, tu m'appelleras maître ou monsieur. Tu as compris ?

Oh, merde. C'était une phrase tout droit sortie du livre.

Comment avais-je pu l'oublier ? Cela avait été mon idée de jouer à ce jeu. On avait lu la scène ensemble. Il jouait le rôle d'un guerrier prillon, Dare. J'étais Hannah. Nous n'avions pas de colliers, et j'avais été très claire sur le fait que je n'étais pas prête à être pénétrée par derrière, pour le moment... mais ça ? Faire semblant d'être quelqu'un d'autre ?

Je me sentais libre. Totalement, complètement libre de dire n'importe quoi. De faire n'importe quoi.

— Oui, monsieur.

De m'abandonner. De me soumettre. J'avais une confiance totale en lui, ce qui n'était pas seulement choquant, mais un vrai bonheur que je n'aurais jamais pensé éprouver dans la vie réelle.

Je l'avais appelé *monsieur*.

Putain, c'était tellement excitant.

Dans un mouvement si rapide que j'en eus le souffle coupé, il me renversa sur le dos, il était au-dessus de moi.

Darius me leva les bras au-dessus de la tête, les maintint et me regarda dans les yeux.

— Tiens tes bras au-dessus de ta tête et garde-les là.

Je fis ce qu'il m'ordonnait, le corps en feu alors qu'il me regardait dans les yeux et s'occupait de moi avec sa main, m'amenant au bord du précipice encore et encore. Il observait chacun de mes mouvements. Chacune de mes réactions. S'arrêtait juste au moment où la vague d'orgasme était sur le point de déferler sur moi. Encore et encore, jusqu'à ce que je me débatte sur le lit, à la limite des larmes.

— Tu veux jouir, Lily ?

— Oui.

— Oui, qui ? Sa main s'arrêta et je gémis. Un coup de reins puissant et son sexe épais revendiquant le mien. Une seule fois. Juste une fois de plus et cela me pousserait au bord du précipice. J'étais si tendue que j'avais l'impression que j'allais exploser.

— Oui, *monsieur*.

Son sourire me fit presque jouir. Je me sentais puissante. Je lui faisais plaisir, et les émotions intenses qui inondaient mon corps n'avaient rien à voir avec le sexe et tout à voir avec le fait de lui donner ce qu'il voulait. Ce dont il avait besoin. Il était à moi.

— Supplie-moi, Lily. Dis « s'il vous plaît ».

— S'il vous plaît, monsieur. S'il vous plaît. J'étais à bout et je ne cachais rien.

Darius abaissa sa bouche vers la mienne et utilisa sa langue dans ma bouche pour imiter les mouvements de sa main, plus bas.

L'orgasme me traversa comme une explosion. Je mis à crier, mon corps entier se souleva du lit avec la force de ma jouissance. Son baiser me vola mon air puis me le rendit.

Je frissonnai dans ses bras tandis qu'il descendait le long de mon corps et prenait ma chatte dans sa bouche. Il suçait, léchait mon clito, utilisait ses doigts pour me caresser à l'intérieur jusqu'à ce que je me brise à nouveau.

— Darius. Maintenant. J'ai besoin de toi en moi.

Je ne pus résister quand il bougea pour se mettre au-dessus de moi. J'emmêlai mes doigts dans ses cheveux et je le tirai vers moi. Le dévorai avec mon baiser. Levai mes hanches pour le prendre profondément.

Il ne fallut que quelques secondes avant qu'il ne se perde en moi. Il me maintint en place, coincée entre le lit et son corps imposant, me pénétrant vite et fort. Profondément.

Mon corps répondit instantanément, mon intimité pulsa autour de lui alors qu'une autre libération m'envahissait.

— Je t'aime, Lily. Il était ancré profondément en moi, provoquant un orgasme similaire à du feu dans mon corps. Me poussant à aller à sa rencontre.

Ses mots me brisèrent et mon corps suivit mon cœur sur une autre falaise. Cette fois, la libération fut plus douce. Tendre. C'était comme si mon corps savait que cette fois-ci devait être différente. Ce n'était pas que du sexe, c'était de l'amour. Nous faisions l'amour.

Je ne l'avais jamais fait auparavant.

Son baiser passa de quelque chose de dominant à de la douceur, ses caresses passèrent de l'agressivité à la tendresse. Je souhaitais uniquement rester où il voulait que je sois, le laisser me faire l'amour et me revendiquer.

Il jouit peu de temps après, son corps tout entier devint rigide tandis qu'il soupirait en prononçant mon nom encore et encore. Ses lèvres quittèrent les miennes pour se déplacer le long de mon cou. Et remontèrent à nouveau. Il resta en moi, exactement là où nous voulions qu'il soit tous les deux et m'embrassa. Encore et encore, jusqu'à ce que je sache que je ne pourrais jamais oublier son goût dans ma bouche. Je restai immobile. Je ne pouvais pas bouger. Je n'avais plus la force.

— Lily, ma Lily.

— Oui ? Ma réponse était plus un soupir qu'autre chose. Je ne voulais pas bouger, pas tant qu'il voulait que je reste là.

— Tu es à moi, tu es tout pour moi. Je t'aime.

— Je t'aime aussi.

— Tu n'as pas oublié quelque chose ? Il venait de prendre un ton autoritaire et je souris, en écartant une mèche de cheveux du front de l'homme que j'adorais.

— Je vous aime, *monsieur*.

— Voilà, c'est mieux comme ça. Darius se retourna sur le dos avec un sourire satisfait et m'entraîna avec lui, me plaçant soigneusement à ses côtés. Je poussai un soupir de contentement quand il remonta la couette pour nous couvrir tous les deux.

— Je pourrais prendre goût à tout ça.

— Maintenant, tu veux être un guerrier prillon ?

Il sourit et déposa un baiser sur ma tête.

— Je réserve mon jugement jusqu'à ce que ma commande spéciale de la Terre soit arrivée.

— Quelle commande spéciale ?

— Du gâteau au chocolat et du cheesecake aux cerises. Ne me dis pas que tu as oublié.

Oh mon dieu. Je ne pensais pas que c'était possible, mais mon intimité se réveilla à nouveau.

— Tu vas te limiter à des ordres d'un mot quand tu passes en mode bête ?

Darius se mit à rire.

— Ça dépend à quel point j'aime le chocolat.

Mon Dieu, j'avais créé un monstre.

Mon monstre.

Je me blottis contre lui, en sécurité, au chaud et satisfaite. Je faisais confiance à Darius, je savais qu'il veillerait sur moi. Me protégerait.

Maintenant. Et toujours.

ÉPILOGUE

Dans un endroit sécurisé à bord de son cuirassé, la reine Raya regardait le capitaine de sa garde qui s'approchait. Il était gigantesque. Balafré. Cruel.

Il était son préféré, au combat comme au lit.

— Ma reine, l'ambassadeur est arrivé.

— Amenez-les moi.

— Oui, ma reine. Le grand guerrier s'inclina et la laissa seule.

La salle du trône était calme. Son cœur ne l'était pas.

La flotte des Ténèbres s'était montrée lâche et avait fui parce qu'elle avait perdu trois navires.

Trois.

Raya en avait perdu des milliers.

Et le noyau de la planète Vélérion ? Il en valait des milliers de plus. Ces idiots ne savaient pas ce qu'ils possédaient. Et donc, elle allait le leur prendre.

La porte s'ouvrit et son garde revint avec un invité.

La flotte des Ténèbres avait décidé de ne plus soutenir ses efforts.

Cela n'avait pas d'importance.
Il y en avait d'autres ...

CONTENU SUPPLÉMENTAIRE

Devinez quoi ? Voici un petit bonus rien que pour vous. Inscrivez-vous à ma liste de diffusion; un bonus spécial réservé à mes abonnés pour chaque livre vous attend. En vous inscrivant, vous serez aussi informée dès la sortie de mes prochains romans (et vous recevrez un livre en cadeau... waouh !)

Comme toujours... merci d'apprécier mes livres.

http://gracegoodwin.com/bulletin-francais/

LE TEST DES MARIÉES
PROGRAMME DES ÉPOUSES INTERSTELLAIRES

VOTRE compagnon n'est pas loin. Faites le test aujourd'hui et découvrez votre partenaire idéal. Êtes-vous prête pour un (ou deux) compagnons extraterrestres sexy ?

PARTICIPEZ DÈS MAINTENANT !
programmedesepousesinterstellaires.com

BULLETIN FRANÇAISE

REJOIGNEZ MA LISTE DE CONTACTS POUR ÊTRE DANS LES PREMIERS A CONNAÎTRE LES NOUVELLES SORTIES, OBTENIR DES TARIFS PREFERENTIELS ET DES EXTRAITS

http://gracegoodwin.com/bulletin-francais/

OUVRAGES DE GRACE GOODWIN

Programme des Épouses Interstellaires

Domptée par Ses Partenaires

Son Partenaire Particulier

Possédée par ses partenaires

Accouplée aux guerriers

Prise par ses partenaires

Accouplée à la bête

Accouplée aux Vikens

Apprivoisée par la Bête

L'Enfant Secret de son Partenaire

La Fièvre d'Accouplement

Ses partenaires Viken

Combattre pour leur partenaire

Ses Partenaires de Rogue

Possédée par les Vikens

L'Epouse des Commandants

Une Femme Pour Deux

Traquée

Emprise Viken

Rebelle et Voyou

Le Compagnon Rebelle

Partenaires Surprise

Programme des Épouses Interstellaires Coffret - Tomes 1-4

Programme des Épouses Interstellaires Coffret - Tomes 5-8

Programme des Épouses Interstellaires Coffret - Tomes 9-12

Programme des Épouses Interstellaires Coffret - Tomes 13-16

Programme des Épouses Interstellaires Coffret - Tomes 17-20

Programme des Épouses Interstellaires:

La Colonie

Soumise aux Cyborgs

Accouplée aux Cyborgs

Séduction Cyborg

Sa Bête Cyborg

Fièvre Cyborg

Cyborg Rebelle

La Colonie Coffret 1 (Tomes 1 - 3)

La Colonie Coffret 2 (Tomes 4 - 6)

L'Enfant Cyborg Illégitime

Ses Guerriers Cyborg

Programme des Épouses Interstellaires: Les Vierges

La Compagne de l'Extraterrestre

Sa Compagne Vierge

Sa Promise Vierge

Sa Princesse Vierge

Les Vierges L'intégrale

Programme des Épouses Interstellaires: La Saga de l'Ascension

La Saga de l'Ascension: 1

La Saga de l'Ascension: 2

La Saga de l'Ascension: 3

Trinity: La Saga de l'Ascension Coffret: Tomes 1 – 3

La Saga de l'Ascension: 4

La Saga de l'Ascension: 5

La Saga de l'Ascension: 6

Faith: La Saga de l'Ascension Coffret: Tomes 4 - 6

La Saga de l'Ascension: 7

La saga de l'Ascension: 8

La Saga de l'Ascension: 9

Destiny: La Saga de l'Ascension Coffret: Tomes 7 - 9

Programme des Épouses Interstellaires: Les bêtes

La Bête Célibataire

La Bête et la Femme de Chambre

La Belle et la Bête

Starfighter Training Academy (French)

La Première Starfighter

Mission Starfighter

Autres livres

La marque du loup

ALSO BY GRACE GOODWIN

Interstellar Brides® Program

Assigned a Mate

Mated to the Warriors

Claimed by Her Mates

Taken by Her Mates

Mated to the Beast

Mastered by Her Mates

Tamed by the Beast

Mated to the Vikens

Her Mate's Secret Baby

Mating Fever

Her Viken Mates

Fighting For Their Mate

Her Rogue Mates

Claimed By The Vikens

The Commanders' Mate

Matched and Mated

Hunted

Viken Command

The Rebel and the Rogue

Rebel Mate

Surprise Mates

Interstellar Brides® Program Boxed Set - Books 6-8

Interstellar Brides® Program Boxed Set - Books 9-12

Interstellar Brides® Program Boxed Set - Books 13-16

Interstellar Brides® Program Boxed Set - Books 17-20

Interstellar Brides® Program: The Colony

Surrender to the Cyborgs

Mated to the Cyborgs

Cyborg Seduction

Her Cyborg Beast

Cyborg Fever

Rogue Cyborg

Cyborg's Secret Baby

Her Cyborg Warriors

Claimed by the Cyborgs

The Colony Boxed Set 1

The Colony Boxed Set 2

Interstellar Brides® Program: The Virgins

The Alien's Mate

His Virgin Mate

Claiming His Virgin

His Virgin Bride

His Virgin Princess

The Virgins - Complete Boxed Set

Interstellar Brides® Program: Ascension Saga

Ascension Saga, book 1

Ascension Saga, book 2

Ascension Saga, book 3

Trinity: Ascension Saga - Volume 1

Ascension Saga, book 4

Ascension Saga, book 5

Ascension Saga, book 6

Faith: Ascension Saga - Volume 2

Ascension Saga, book 7

Ascension Saga, book 8

Ascension Saga, book 9

Destiny: Ascension Saga - Volume 3

Interstellar Brides® Program: The Beasts

Bachelor Beast

Maid for the Beast

Beauty and the Beast

The Beasts Boxed Set

Starfighter Training Academy

The First Starfighter

Starfighter Command

Elite Starfighter

Starfighter Training Academy Boxed Set

Other Books

Dragon Chains

Their Conquered Bride

Wild Wolf Claiming: A Howl's Romance

CONTACTER GRACE GOODWIN

Vous pouvez contacter Grace Goodwin via son site internet, sa page Facebook, son compte Twitter, et son profil Goodreads via les liens suivants :

Abonnez-vous à ma liste de lecteurs VIP français ici :
bit.ly/GraceGoodwinFrance

Web :
https://gracegoodwin.com

Facebook :
https://www.visagebook.com/profile.php?id=100011365683986

Twitter :
https://twitter.com/luvgracegoodwin

Goodreads :
https://www.goodreads.com/author/show/15037285.Grace_Goodwin

Vous souhaitez rejoindre mon Équipe de Science-Fiction pas si secrète que ça ? Des extraits, des premières de couverture et un aperçu du contenu en avant-première.

Rejoignez le groupe Facebook et partagez des photos et des infos sympas (en anglais). INSCRIVEZ-VOUS ici :
http://bit.ly/SciFiSquad

À PROPOS DE GRACE

Grace Goodwin est journaliste à USA Today, mais c'est aussi une auteure de science-fiction et de romance paranormale reconnue mondialement, avec plus d'un MILLION de livres vendus. Les livres de Grace sont disponibles dans le monde entier dans de nombreuses langues en ebook, en livre relié ou encore sur les applications de lecture. Ce sont deux meilleures amies, l'une qui utilise la partie gauche de son cerveau et l'autre qui utilise la partie droite, qui constituent le duo d'écriture récompensé qu'est Grace Goodwin. Toutes les deux mamans, elles adorent faire des escape games, lire énormément, et défendre vaillamment leurs boissons chaudes préférées. (Apparemment, elles se disputent tous les jours pour savoir ce qui est le meilleur : le thé ou le café ?) Grace adore recevoir des commentaires de ses lecteurs.

www.ingramcontent.com/pod-product-compliance
Lightning Source LLC
LaVergne TN
LVHW011827060526
838200LV00053B/3929